U0037480

萬字
まんじ
卍
谷崎潤一郎 著
黃詩婷 譯

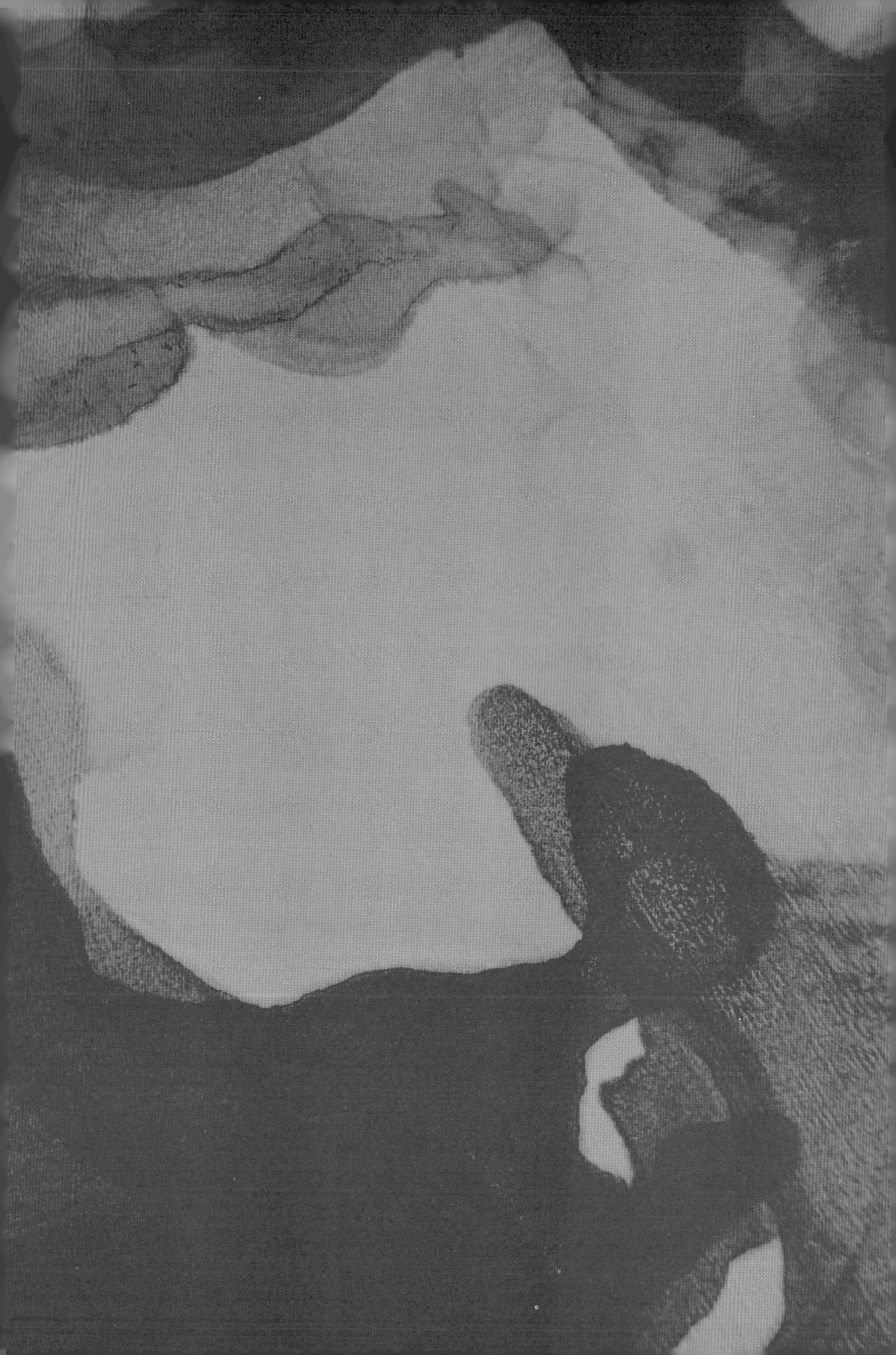

我們說好去了那個世界以後不要再互相吃醋、不要吵架，
感情融洽得像是佛像旁隨侍兩側的人吧。

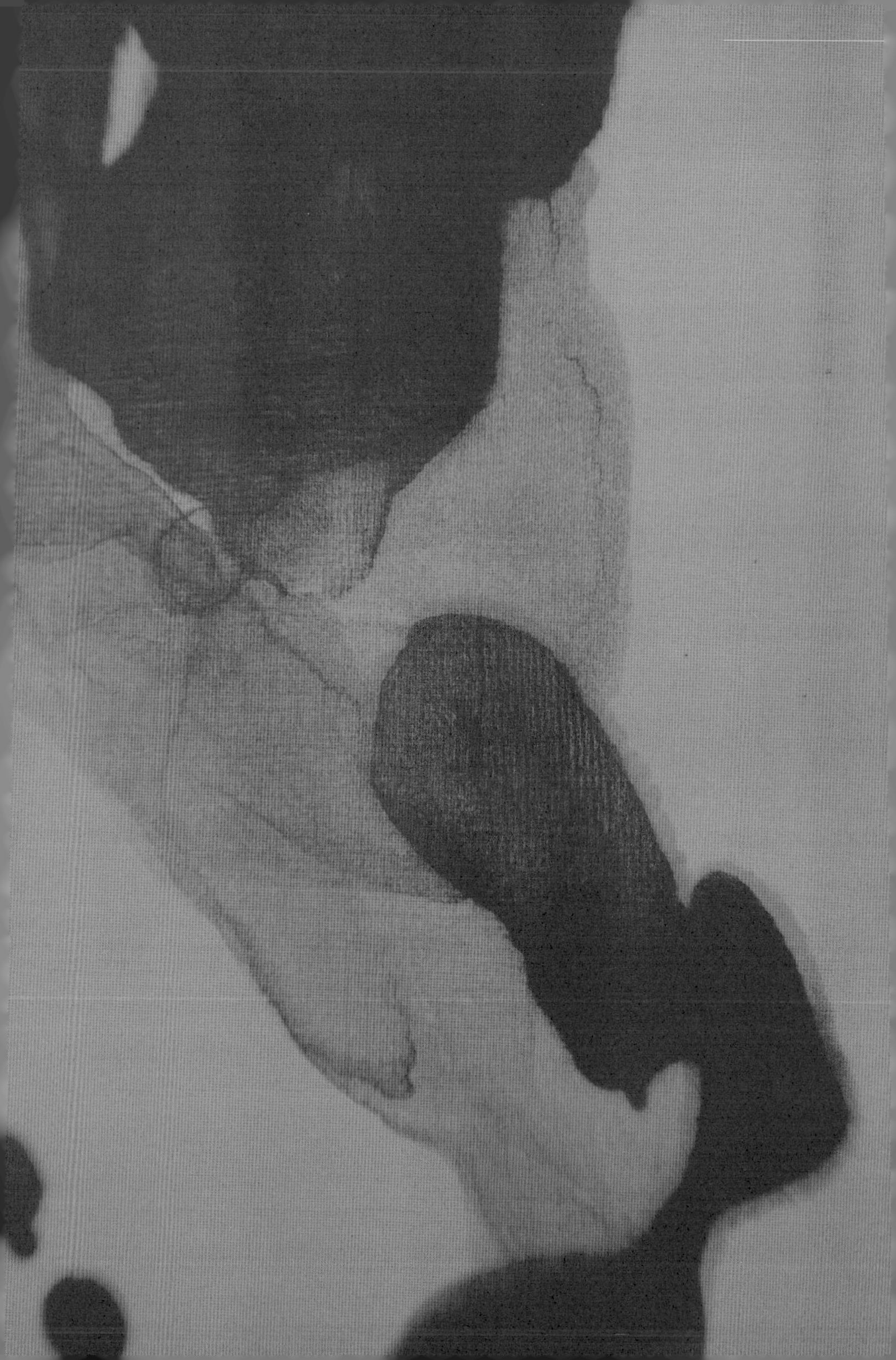

〈其之一〉

老師，我今天來訪完全是希望您能好好聽我說一說，雖然您正忙於工作，不知道是否方便撥空呢？那麼……那麼我就細細告訴您了，由於事情實在非常長，其實我也想著要是我的文筆能夠稍稍好一些，就該自己將這件事情的前因後果給寫下來，整理成像是小說那樣的東西，然後再拿給老師您看的……說老實話先前我也有稍微試著寫了點開頭的文字，但這個事情實在是太過錯綜複雜，該從哪兒、要怎麼寫起才好，我實在是沒有個頭緒。因此我想，還是沒有別的辦法，只好說給老師您聽，所以前來叨擾您，但老師為了我而必須耗費許多寶貴的時間，實在是會給您添很大的麻煩哪。您真的方便聆聽我述說那件事情嗎？畢竟老師您對我總是如此客氣，我也就這麼覺得可以仰賴您的親切。老是受到您的照顧，一直都覺得實在是感激不盡哪。還有啊，關於您相當擔心的那一位的事情，雖然我得從他的事情說起，但就如同先前所說的，您都那樣告訴我了，我也自己好好思索了一番，因此也就乾脆地與對方絕交了。剛開始也可以說我是留戀，無論見到什麼都會想起那件事情，就算是待在家裡也感覺像是要發狂一般，之後才漸漸地明白了那個人就不是個什麼好男人……丈夫他先前也說我總是匆匆忙忙地說什麼有音樂會之類的在外晃蕩，但自從讓我過來老師您府上以後，就完全變了個樣子。我在家畫畫、練練鋼琴之類的，整天都相當安穩的樣子，連他也說什麼「最近妳也變得有女人味了呢」，私底下對於老師的好意相當欣喜。但其實那個人的事情，我一點兒都沒告訴丈夫。雖然老師您告訴我「向丈夫隱瞞過往的過錯並不好——而且你們又沒有肉體上的關係，那麼應該很好說出口才是，妳應該要告知他所有事情」……但是……但是我想丈夫他可能也多少是有些察覺的，要我自己說出口實在是相當困難，因此我想著往後絕對不能夠再犯下這樣的過錯，將一切都藏在心裡。然而丈夫雖不知道我來向老師您詢問些什麼事情，但也認為我肯定是來向您學習各種東西，覺得我的心態能有如此轉變也是好事。

也是因為這樣，我在那之後便乖乖地待在家裡頭，或許是我的樣子讓他安下了心，才想著自己可也不能遊手好閒，於是在大阪的今橋大樓那兒借了辦公室設立律師事務所，而這是去年二月左右的事兒了。——唉，沒有錯。他在大學時學的是德國法律，因此隨時都能夠成為律師。一開始他就想成為教授，正好在我遇到那個事件的時候，他也還在前往研究所學習，會打算成為律師並不只因為這個理由。畢竟一直受我娘家那邊照顧的話也實在是過意不去，可能他也覺得在我面前抬不起頭來吧。講起來我丈夫他在大學時候也是人人稱讚的秀才，畢業的成績相當優秀，畢竟是那樣的人，雖然結婚名義上是我嫁了過去，但講老實話也跟我們家招贅沒有兩樣。而且我的父母親相當信任我丈夫，非常願意把財產分給我們，說什麼唉呀這也沒有多少哪，要是你想成為學者，那就好好念書成為一名學者吧。他們還說要是想去海外留個學，那就夫妻兩人一起去個兩三年也沒問題——剛開始我丈夫真的相當開心，似乎也打算就那麼做——但因為我實在過於任性，他大概是覺得我逞著老家的威風狐假虎威，因此惹得他不高興。但畢竟他天性是個學者，始終脫離不了書生那種有些粗魯的個性，又相當不貼心，所以與人交往也不怎麼順利，就算當了個律師，也一直沒能接到工作。但他還是會每天好好去事務所上班。這樣一來，反而是我成天在家發呆無所事事，很自然地……一些曾經忘卻的事情也湧上心頭。先前只要有空我就會寫寫歌，但寫了歌就會成為回憶的種子，所以如今我便不再這麼做了。因此我也就忍不住想著一些不是頂好的事情，覺得這樣下去實在不好，應該做點什麼好讓自己分心——老師您知道嗎？就是，天王寺那兒有個女子技藝學校。雖然是間私立的無聊學校，但是有許多學習科目，像是繪畫、音樂、裁縫、刺繡，還有好多其他東西，大概就是那些，入學的資格也沒有什麼困難的，無論大人或是孩童都能夠自由去上課。我先前也學過一點日本畫，雖然畫得相當差，但畢竟對於那方面還是有些興趣的，因此我就每天早上和丈夫一起出門，姑且就前往那間學校去了。雖然說是每天都去，但畢竟是那種學校，要是想休息的話隨時都能夠休息——

丈夫雖然對於繪畫啦、文學那些東西並沒有什麼興趣，但他也贊成我去那個學校，說覺得很好、要是有想去的話就儘量去學吧，幾乎是主動建議我去。雖然說是每天早上出門，但我去的時候或許是九點、也可能是十點，完全按照我當時的心情決定，而丈夫反正事務所那兒也是閒著，也就等著我什麼時候想出門再一起出門，兩人同時搭上阪神電車到梅田，然後一起叫輛包車，在堺路的電車那條路上拐到今橋轉角那兒讓丈夫下車，而我繼續坐到天王寺去。丈夫似乎相當喜歡我們這樣一起出門，還說什麼「總覺得好像回到了學生時代呢」，所以我回他「要是有夫妻一起搭著汽車通勤這樣的學生，可就奇怪啦」，他便哈哈大笑著，心情相當不錯。到了下午該回家的時刻，他也儘可能約好我一起回家，我們會在電話中說好，看是我過去事務所那頭，或者我們在難波還是阪神那裡集合，再一起去松竹座[1]之類的地方。約莫就是這樣的景況，我和丈夫處得也相當不錯。但是大概在四月中旬前後，我因為真的相當無聊的事情而與學校的校長先生吵了一架。那件事情，真的是非常奇怪，學校會請模特兒，讓她們換各種衣服、擺不同姿勢——日本畫的課堂上雖然不會做裸體素描，但還是有素描課的時間。而正好那時候請來的，是一個叫做Y子、年紀約莫十九歲的女孩兒，在大阪似乎也是相當有名的美女模特兒，請她扮成了楊柳觀音的樣子。——唉呀，畢竟那樣的姿態會比較接近裸體，如此一來多少也能研究一下裸體的樣子。我和其他學生們一起畫素描，然而有一天校長先生走進教室裡來，說什麼「柿內太太，妳的畫一點兒也不像模特兒呢，妳該不會參考了外面其他的模特兒吧？」還略帶深意地對著我笑。不只是校長先生，就連其他的學生們，也在校長嘲笑我以後開始吃吃偷笑。我忍不住羞愧地臉紅了起來，但當時自己也不明白為什麼會感到羞愧。現在回頭想想，那時候應該的確是臉紅了，但也可能並沒有那種事情吧。原先我也沒有意識到那件事情，但聽人家說我「參考其他模特兒」以後，

1 日本第一間由鋼筋水泥建造的電影院。在一九九七年時重新改建為劇場。

我的內心多半是有些恍然大悟的感受。但是如此一來，關於那模特兒究竟是誰一事，我卻也還不清楚。能確定的是我的腦袋裡大概對於某個Y子以外的人印象深刻，所以雖然眼前看的是Y子，卻在不知不覺中把印象裡的那個人當成了模特兒——又或者是我就想畫她，所以很自然地筆下便描繪出那個人的形象，約莫如此吧。

我想老師您應該也已經明瞭了，那位被我下意識地拿來當成模特兒的人——畢竟新聞也都已經報導出來，我也老實說吧——就是德光光子小姐。（作者註：柿內未亡人在這異常的經驗之後看來並無受到太大打擊而憔悴的樣子，服裝和態度都與一年前一樣豪華絢爛，看起來倒不像是未亡人，反而比較有那種貌似大小姐般的典型關西風格年輕太太的感覺。她並非美女，但是在說出「德光光子」這個名字的時候，臉上卻閃爍著神秘的光輝。）但我那時候尚未和光子小姐成為朋友。光子小姐學的是西洋畫，我們的教室不同，當然也沒有見面的機會。因此光子小姐應該是不認得我的，就算認得恐怕也沒有特別在意才是。而我自己也是，並沒有發現自己特別注意光子小姐，不過的確心中曾經想過唉呀那是我喜歡的類型呢。但那也不過是隨意想想罷了，畢竟根本不了解對方的個性、氣質之類的事情哪。——唉呀，該怎麼說呢，就只是整體看過去的感覺吧。這麼說起來，其實我很早以前就注意到光子小姐的證據，大概就是那時我明明沒有特別去問誰，卻知道光子小姐的閨名和住處。——她是船場那兒一間羅紗批發店家的大小姐，我甚至清楚知道她現在是住在阪急的蘆屋川那裡。由於校長那樣說我，所以我後來自己也想了很多，這麼說來那張畫挺像光子小姐的，但我並不是故意畫成那樣哪。就算是故意畫成了與她有些相似，但畢竟是以模特兒Y子小姐整體的樣子去畫的。更何況畫圖目的也不是要畫Y子小姐的臉龐吧？只不過是請Y子小姐打扮成類似觀音的樣子，研究她的身體樣貌、白衣出現皺摺的狀態，然後表現出觀音的姿態就可以了吧？或許Y子小姐在模特兒當中算是位美人胚子，但是光子小姐更加美麗，如果能夠符合那張畫給人的感覺，那麼就算拿光子小姐當成模特兒，應該也沒有什麼問題吧——我是那樣想的。

〈其之二〉

然而就在那件事情的兩三天後，校長又在素描時間走進教室裡來，在我的畫前面停下來嘲笑我。「柿內太太呀，」他又說著：「柿內太太，這畫實在太奇怪啦。真是愈來愈不像模特兒了呢。妳究竟是用誰當成了模特兒在畫的呢？」然後以相當凌厲的眼神瞪著我。「唉呀，真的嗎？不像模特兒嗎？」我也忍不住使起了性子，故意用那種語氣反駁他。校長先生您並不是畫畫的老師吧？——唉呀，為大家開日本畫課程的是筒井春江老師，他並不是每一堂課都會到學校，偶爾才會來一趟，指導我們的畫有哪裡不好、這兒可以怎麼修之類的，通常都是放任學生們自己看著模特兒畫的。校長先生自己則是在選修的課程中負責英文，雖然他有在教學，不過好像也沒有學士學位，也不知道他是從哪兒的學校畢業的，似乎學歷也不怎麼樣。之後我才知道，他並不是一名教育家，而是相當會做生意的人，也就是負責在經營的而已。畢竟是那種校長，所以他怎麼可能懂畫呢？又何必來插嘴這種事情。更何況學科的部分大部分都交給專業老師指導，他根本很少到各個教室去巡邏的，為何偏要在那時間刻意前來，對我的畫說三道四？「喔？是那樣嗎？妳是有打算把這畫給畫得像模特兒的嗎？」他語帶諷刺地說著。我自然也刻意裝傻回應：「是的，畢竟我實在畫得不好，也搞不懂這樣是像或不像，但我是拼了命地照著模特兒的樣子去畫的。」結果他還是說：「不，妳不會畫得不好呀。這畫得是挺好的。不過就是這張臉，總覺得好像其他什麼人似的呢。」「唉呀，是說臉嗎？臉的部分我是試著畫出自己理想中的臉龐。」才這麼說，校長馬上接著問：「那麼妳的理想是誰呢？」真是有夠煩人。所以我只好說：「畢竟是理想嘛，並不是照著什麼真實存在的人畫的呢。我為了希望能夠看起來比較像是觀音，儘可能畫得感覺清純一些，這樣子不行嗎？一定得要連臉龐都像是模特兒一樣才好嗎？」結果校長說：「妳說這道理還真是挺難的呢。不過若是能夠依照理想的樣子畫出來的話，就不需要到這間學校來學習畫畫啦。正是因為無法依照自己理想中的東西畫出來，所以才要照著模特兒的樣子去畫。如果要自己隨興畫的話，那根本就不需要模特兒了。更何況這個觀音圖若是像模特兒以外真實存在的人，那麼妳所謂的理想也太不認真囉。」所以我說：「我一點也沒有不認真。就算這張臉與某個人相似，那也是因為我認為那個人的臉龐有觀音的感覺、相當合適，我認為這樣畫是無愧於藝術的。」校長又說：「唉呀，這樣可不行呢。妳還不是能獨當一面的藝術家呀，就算妳覺得那個人的面貌清純，問題是並非所有人的感覺都與妳相同，這樣一來會產生許多誤會的。」「喔？誤會？是會發生什麼誤會呢？說起來您一直說像某個人，究竟是像誰呢？還請您告訴我。」自己開口說這話，還是有點緊張的。結果校長只回應了：「妳還真是倔強呢。」就不再多說些什麼。我那時候還覺得和校長先生這一席對話，像是我吵架吵贏了，挺痛快的呢。但是畢竟在許多學生面前討論這件事情，當然也就被大肆傳揚了出去，沒有多久就成為那個奇怪的流言。說的就是我對光子小姐懷抱同性之愛，或說光子小姐與我之間有些什麼。——如同我先前所說，那個時候我和光子小姐甚至沒有說上過半句話，那完全就是大家信口胡謅、是很糟糕的謊言。說起來我也隱隱約約感覺到有人在背地裡說些什麼，但是做夢也想不到竟然已經鬧出了那樣大的騷動。畢竟我真的是什麼都沒做，因此別人說什麼我也無所謂，哎呀反正世間之人不都是那樣隨隨便便傳聞一些無謂之事嗎。我居然被懷疑和甚至毫無往來之人有染，竟然有人能夠捏造出那樣大的謊言，想來實在太過愚蠢、連生氣都很難。然而我唯一擔心的是，雖然我自己是無所謂，但光子小姐那邊又是怎麼想的呢？肯定是受到打擾而感到相當困擾，這樣一來就算是在往來學校的路途上遇見了她，總覺得會非常尷尬、也不能像從前那樣總是默默看著她的臉龐了。正因如此，我想著乾脆自己好好去向她說明，道個歉吧——但這樣可能會變得更加奇怪，或許反而讓對方更加困擾，因此也不能這麼做。所以我內心便想著，要是遇到了光子小姐，就要一副道歉的樣子，縮著身子、低著頭宛如逃命般從她身旁走過，但即使如此，對方也沒有生氣的樣子，而我又非常在意對方的眼神如何，因此在擦身而過時迅速地窺視了一下對方的臉龐。然而光子小姐與從前並無兩樣，看起來也不像是有任何不愉快的樣子。噢對了，我帶了照片過來，還請您看看。這是我們兩人穿著相同成套和服時拍的紀念照片，就是報紙上也刊出來的那張問題照片。我想您也看得出來，兩人這樣站在一起很明顯我就是襯托紅花的綠葉，光子小姐就算是在船場一帶的姑娘家當中也有著特別顯眼的外貌。（作者註：看照片上兩人穿著相同的和服，完全是京都風格那種華麗繽紛的服裝。柿內未亡人束起了頭髮、光子則綁著島田髻，但看照片來說的話，確實就算是大阪風格的商人之女裝扮，她的眼睛裡也充滿熱情、相當潤澤。簡單來說，就是充滿戀愛天才家那種氣魄，是十分具魅力的眼神。這樣看來的確是相當美貌，說自己只能當陪襯的未亡人雖然不能說是太過客氣，但對方這樣的容貌是否適合作為楊柳觀音的面容實在有待商榷。）老師覺得這樣的面貌如何呢？很適合日本髮型吧？——哎呀，因為我的母親喜歡日本髮型，有時候我會自己綁，也就梳著這種頭去了學校——畢竟是那種學校，也沒有什麼制服之類的，當然也沒有限制學生要綁什麼髮型，所以我也沒穿著袴褲之類的學生服裝去學校。光子小姐偶爾也會穿洋裝過去，她穿和服的時候也是便裝。在這照片上因為髮型的關係，她看起來比我年輕了三歲左右，但其實只比我小一歲，是二十三歲——還活著的話就二十四了呢。但是光子小姐比我高了一兩寸，而且又是個美麗的人兒，就算她自己不為此而自豪，可能態度上還是會展現出自信的風貌吧？又或者是我自己畏縮所以才有這種感覺呢？就算是之後兩人變得比較親密了，即使年紀上我是姊姊，但總覺得自己像是妹妹。

對了，那時候——把話題拉回前面的事情吧，當我們甚至未曾說過話的時候，剛才說的那莫須有的流言，光子小姐實在不可能沒有聽到過，然而她的態度卻同先前完全沒有改變。我一直就覺得她是個漂亮的人，在還沒有那種傳聞的時候，只要從光子小姐身旁走過，我就會若無其事地向她靠過去，但光子小姐的眼中似乎是完全沒有看見我的感覺，總是颯爽離去，而我甚至覺得她走過的空氣都有股清新感。若是光子小姐曾經聽聞那流言，那麼怎樣也不可能仍然完全沒有注意到我的存在吧？是覺得我是個討厭的傢伙呢？或者同情我呢？想來多少也能從態度上瞧出些許端倪，然而完全沒有那樣的感覺，結果我也就更加大起膽子，又開始靠到她的身邊窺視她的面貌。於是有一天，中午休息的時候在休息室巧遇上了，總是輕快從旁走過的她，不知為何竟然朝我一笑，而且是用眼睛笑的。我下意識地便回了個禮，結果她立刻走上前來，對我說：「我前陣子對妳非常失禮呢，還請妳不要怪罪我。」「哎呀妳這是說什麼話呢，我才應該要向妳道歉呀。」聽我這麼回話，她又說：「妳並不需要道歉，畢竟妳什麼都不知道。有人想要陷害我們，還請妳多加小心才是。」「咦……是誰呢？」我問著。她又說：「是校長啊……這裡不好詳談，我們要不要去外面一起吃個午餐呢？這樣的話就可以好好說給妳聽了。」既然她這麼說，我便答道：「去哪兒都行。」所以我們兩人一起去了天王寺公園附近的餐廳。之後光子小姐一邊吃著西餐同我說話，她表示將我們的事情說成惡意流言的，其實就是校長。這樣一說讓我回想起，校長根本沒有什麼理由卻走進我的教室，還刻意在大家面前羞辱我，實在是非常奇怪。這怎麼看都相當惡意。但校長到底為了什麼原因要散布那樣的謠言呢？據說目標是光子小姐，無論如何他都想建立起光子小姐品行不佳的負面批評。說起理由呢，就是那時有人向光子小姐提起了婚事，是大阪赫赫有名的有錢人家M的少爺，雖然光子小姐本身沒有那個意思，但是家裡似乎很想締結這門親事，對方也非常想迎娶光子小姐。然而另外有個市議會議員家的大小姐，也是曾向M先生提過婚事的人，這下變成了要和光子小姐競爭——就算光子小姐並沒有打算和對方爭些什麼，市議會議員那邊還是覺得如臨大敵吧。畢竟M先生的兒子可是相當憧憬光子小姐的美貌、還寫了情書給她，那麼當然是大敵了。於是那位市議員便動用各方人脈，儘可能將莫須有的流言都綁到光子小姐身上，據說現在已經有各式各樣的說法，像是光子小姐外頭有男人這種毫無憑據的事情之類的。但光是這樣他們還不滿意，竟然將腦筋動到了學校這裡，收買了校長。噢對了，還有在那之前——事情實在相當複雜——之前校長說是為了修繕校舍，曾經前去光子小姐家，想向她的父親商借個千元周轉一下。光子小姐家實在相當有錢，一千元根本算不得什麼，若是來尋求募款的話那麼當然沒有問題，但卻說是要暫借周轉可就奇怪了，而且那樣大的校舍，哪是一千元就能夠修繕好的呢？因為實在難以理解，所以光子小姐的父親便拒絕了的樣子。依據光子所說，校長似乎很常打著那種名義前往有錢學生的家中，但借到的錢卻從來沒有還過。要是真的用來修繕校舍便罷，但如今校舍已經像個豬圈一樣又髒又破，根本是無人管理。——啊？不，那些錢他都用來當成自己的生活費了呢。雖說是校長，其實就是個高級點在宴會上助興的表演者，而且他的夫人還是這間學校的刺繡老師，夫妻兩人一起討好有錢的學生，老是在星期天辦遠足活動什麼的，生活得頗為氣派。要是把錢借給他，那他當然是心情很好了，但被拒絕的話，他就會在背地裡大肆說那學生的壞話。也就是他對光子小姐本就抱持著這樣的怨恨，再加上市議員的請託，因此不知會做出多麼惡毒的事情。光子小姐說：「所以妳只是被利用來陷害我罷了。」我說：「哎呀，竟然有那樣深的緣故啊，我還真的是一點都不知情呢，即便如此，妳我在今日以前根本毫無往來，這樣實在是太過分了吧？姑且不論捏造是非之人，大家竟然都相信了，這不是很奇怪嗎？」她又說：「妳在乎之後的情況嗎？」她頓了頓說：「謠言畢竟已經傳開了，就算我們兩人在學校刻意不交談，大家還是會繼續說的。更何況還有人看到我們上星期日一起搭乘大阪電鐵去了奈良呢。」我不禁錯愕。「哎呀，是誰那麼說的？」她回道：「似乎是校長先生的夫人說的呢。想來這比妳所想像的還要陰險個十倍、二十倍，還請妳多加小心。」

〈其之三〉

因此光子小姐不斷對我說著「實在相當抱歉，真的是很對不起妳」云云，反倒讓我羞愧了起來。「不、不，妳並沒有做什麼壞事啊。可恨的是那校長，明明也算是個教育家，竟然做出如此卑劣之事……但是不管人家說我什麼都還沒關係，妳還沒有嫁人呢，千萬不能落入那樣狠毒之人的圈套，得更加小心哪。」我試著拼命安慰對方，她又說：「今天能和妳好好談一談，實在是太好了。這樣一來我也覺得舒暢許多。」接著她笑了出來：「哎呀，但是我們這樣兩人談話，又不知道要被說成什麼樣，今天還是先到此為止吧。」「好不容易成為朋友，還真是有點可惜呢。」我是真的這麼想，因此反而有些不情願。結果光子小姐便說：「若妳願意的話，我是很想與妳當朋友的，下次要不要來我家玩呢？我並不擔心別人說些什麼閒話。」我回答：「是嘛，我也沒有什麼好怕的呀。要是覺得煩了，那麼不去那種學校也沒什麼關係。」「哎呀柿內太太，我們是不是乾脆親密一些，讓那些說閒話的人看看呢。妳意下如何？」「喔？那真是挺好的。真想看看到時候校長會露出什麼樣的表情呢。」我也馬上覺得應當要這麼做。「這樣的話，應該相當有趣呢。」光子小姐高興地鼓起掌來：「乾脆我們這個星期日，真的兩人一起去奈良吧。」「好啊，就去吧，我們一起去，他們知道以後肯定又要大肆評論一番呢。」——就這樣，我們只在半小時到一小時之間，便完全冰釋前嫌。

當天要再回學校去感覺相當愚蠢，結果我們不約而同提出了要不要去松竹？所以兩人一起遊玩到傍晚，光子小姐說：「我有事要去間店看看。」而從心齋橋路散步回去，我則從日本橋那裡搭計程車前往今橋的辦公室。我一如往常邀丈夫搭阪神電車回家，當時丈夫還問我：「妳今天看起來心情很好呢，發生了什麼好事嗎？」而我在心裡想著：「看起來果然還是不太一樣嗎？與光子小姐成了朋友一事，真為自己帶來了幸福嗎？」。「哎呀就是我今天與一個真正好的人成了朋友——」「什麼樣的人？」「什麼樣的人？當然是個漂亮的人哪——你知道船場那兒一間叫德光的羅紗批發店家嗎？就是那裡的千金呢。」「妳們在哪裡交到朋友的？」「是同一間學校的人啊——還有啊，先前我們還被傳了莫名其妙的謠言呢——」我畢竟問心無愧，也覺得有趣，便將我和校長吵架等事情一五一十地說了出來。「這學校也太過分了。不過若真如妳所說對方是那樣的美人，我也想見見呢。」丈夫還開起了這樣的玩笑。「最近應該會來家裡玩的，我也和她約好了這星期天要一起去奈良，我可以去嗎？」「當然沒問題啊。」丈夫答應我之後，還笑著說：「校長會生氣唷。」

第二天到了學校，我們前一天一起吃飯、看電影的事情不知何時已經傳遍大街小巷。「柿內太太，妳昨天去了道頓堀散步嗎？」「聽說妳很開心呢。」「那個人是誰？」之類的，女人們真是相當聒噪。結果光子小姐又覺得這種情況相當有趣，刻意來到我身邊，故意展現我們關係親密的樣子給大家看。大概就是這樣，我們才兩三天就變得感情非常好。說起校長，他反而是被嚇呆了，光會用驚恐的眼睛瞪著我，卻已不再多說什麼。光子小姐說：「哎呀，柿內太太啊，妳就把那觀音像畫得更像我一些看看吧。這樣的話不知他又會說些什麼呢？」所以我便把畫修得更像她一些，不過校長卻沒有來教室了。我們都覺得這實在大快人心，說著：「好痛快呀！」這樣一來，似乎也不需要刻意去一趟奈良了，不過那時正是四月底，星期天的天氣實在相當好，所以我打電話與她商量，決定在上本町六丁目的電車終點那兒集合，午後到若草山那一帶去散散步。光子小姐有時成熟得不像是她的年紀，有時又如孩童般天真無邪，上到山頂以後，她買了五六個橘子，說著：「妳看看！」就讓橘子從山上滾了下去。結果橘子從山頂一路往下滾，還咚地飛過了馬路，滾到對面那房子家裡，因為實在有趣，她玩了好幾趟。「光子小姐，這樣下去可沒完沒了哪，我們還是去採點蕨類吧。我知道這座山上長了許多蕨類和杉菜的地方呢。」於是我們便去採了許多蕨類、紫萁啦、杉菜之類的東西直到日落。——唉呀，您問那是哪兒？那裡就是，怎麼說呢？在若草山三個山頭重疊之處，最前頭那座山和第二個山頭間凹下去的那裡——在那一帶長了好多呢，那座山每年春天都會焚山造地，所以野菜也特別美味。——後來天空已經很昏暗了，我們兩人又回到前頭那座山上，因為實在太累了，我們便在山腰那兒坐下休息，稍微發個呆。就在那時，光子小姐忽然又一本正經地喚我：「柿內太太，」然後說：「我似乎得要跟妳道個謝才是呢。」「為什麼呢？」我問著。「托您的福，我似乎可以不必嫁去那討厭人的家裡了呢。」——說著她便嘻嘻笑了起來。「唉呀，怎麼會變成那樣呢？」「流言傳得可快了呢，對方那兒已經聽說了我們的事情啦。」

〈其之四〉

「昨晚哪，我家裡提到了這事兒。」光子小姐一五一十道來：「我媽把我叫了去，說妳在學校有如此這般的流言，這可是真的嗎？唉呀，確實是有那樣的流言呢。不過媽您是從哪兒聽說的呀？唉哪兒聽來的不都一樣嗎，但那是真的嗎？喔，是真的呀，不過那又怎麼了呢？就是和朋友感情好啊。媽聽我這麼一說，也遲疑了一下，又說唉若只是感情好倒也沒什麼，但被人家說成下流之事不覺得討厭嗎？下流之事是什麼事情呢？妳媽我不知道那是什麼事，但要是沒做什麼壞事，應該也不會有那種流言吧？唉呀，我知道是什麼事情啦，那個朋友啊，因為說什麼喜歡我的容貌，所以將我當成了模特兒而已啊，結果大家就因為那樣而排擠我們了。唉學校這種地方真是讓人厭煩，只是臉蛋漂亮一點就被人家憎恨了呢。——唉呀原來是這樣啊！聽我說明以後，媽也總算搞清楚狀況，說若是那樣的話，那便不要緊的，但就算如此，也不該只是和那個人的感情好啊，畢竟往後妳的身體仍是很重要的，還是別讓人說三道四比較好，要是事情能就這樣結束，我想市議員啦、他那邊的人一定會拼命找出這種流言去對M說呢，結果又進了妳媽的耳朵。這樣看來，婚事恐怕要告吹啦。」「唉呀，雖然妳覺得沒有關係，但您母親一定討厭我了呢。妳看看，她這不是在告訴妳別跟我來往了嗎？要是被誤解可就糟糕啦。」我真的非常在意，所以便老實告知。結果她說：「妳不用擔心這種事情的。要是真這樣，我就乾脆把校長是貪婪之人、被市議員收買這些事情，都告訴我媽吧。不過我擔心的是她會叫我就別去那種奇怪的學校，所以想想就先別說了。要不然我就沒法子跟妳見面啦。」「妳還真是有心呢。」「呵呵，人家可狡猾了。」光子小姐嘻嘻笑著，又說：「對方既是個壞人，那我不利用可就是自己的損失了啊。」「但是妳的婚事告吹的話，市議員那邊不也會很高興嗎？」「這樣一來兩方人馬都得感謝妳呢。」我們就這樣說說笑笑許多事情，在山上聊了一個多小時。我先前已經上過好幾次若草山，但從來沒有到日頭要下山了還在山上，我幾乎是第一次從那兒一覽夕靄景色。那一帶稍早明明還很多人三三五五出現，那時卻從山頂到山腳都沒有半個人影。那天其實還挺多人上山的，那平穩而長有許多嫩草的山腰上，到處都是吃剩的便當、橘子皮、日本酒瓶之類的東西，天空明明還有些微亮，腳下卻閃爍著奈良城鎮的燈光，我們正面對的遠方那一帶，生駒山上那纜車的燈光亮起有如一串念珠，在紫色的山靄之間斷斷續續閃爍著。看著那些斷斷續續的光芒，我總覺得胸口好悶，而光子則說：「唉呀，不知不覺都這麼晚啦，讓人覺得好寂寞哪。」我回她：「要是只有一個人，還真是要害怕起來了呢。」光子一聽則嘆了口氣：「要是能和喜歡的人一起，在這種寂寥的地方就很好呢。」「我要是能和妳一起，就希望能永遠都在這兒如現在一般哪。」——我沒把這話說出口，只是在黃昏之中凝視那低著頭伸直腳的光子小姐。實在太暗了，我看不清她的表情。但是光子小姐那白色足袋的前方，大佛殿那金色獸頭瓦在微亮的天空中閃出深遠的光芒。「實在晚了，我們回去吧。」在我開口以後，我們便下山然後一路走到大阪電鐵那兒去，就已經七點了。「我餓了呢，妳呢？」「今天得要早點回去呢，我沒說自己要到奈良之類的地方就跑出門啦。」光子小姐似乎很在意時間，但我說：「聊了這麼久，我實在餓壞啦。都這麼晚了就順便吃一吃，也沒什麼不好的吧？」硬是把她也拉進了西餐廳裡。「妳們家老公不會唸妳這麼晚還不回去嗎？」吃飯的時候她提到了這件事情。「我家那口子啊，是完全不會干涉我這種事情的。而且我可是有好好跟他說過我們感情很好的事情呢。」「結果他怎麼說？」「他說我老是在講妳的事情，竟然說若是那樣漂亮的人兒，他也想見見呢，要不要乾脆請對方來家裡玩呢？」「這麼說來妳老公相當體貼呢？」「唉呀說起那個人，不管我怎麼任性他都不會說些什麼，但實在是太過溫吞，有時候也覺得挺無趣——」我那時候還沒向光子小姐說過任何自己的事情，所以就說了我和丈夫結婚的緣由，還有呃，先前遇到的戀愛問題、以及向老師您商量讓您增添了煩惱之事，我都告訴她了。光子小姐聽我說老師您都知道這些事情，嚇了好一大跳說：「唉呀，真的嗎？妳都說了？」她說自己也相當喜愛老師您的小說，還問我能不能帶她前來拜訪，但我總是說著下次吧！結果也就不了了之。「喔？所以妳已經沒有和那個人往來了嗎？」光子小姐拚命詢問我那件事情，我說真的是沒有往來了，她又說：「為什麼呢？就像妳所說的是清純戀愛的話，那麼繼續往來也無不可吧？以我來說，我就覺得戀愛和結婚是兩回事呢。」又問我：「所以妳老公是完全不知道那件事情嗎？」「唔，或許隱隱約約有感受到什麼吧，但我不曾向他說過那件事情，反正也沒有發生過什麼會成為問題的事。」「他很相信妳呢。」我回道：「我覺得他只是把我當成孩子呢，我實在不喜歡這樣。」

那天晚上回到家已經接近十點，丈夫一臉怪裡怪氣地說著：「還真是晚哪。」似乎看起來有點寂寞，我也覺得有些對不起他。但畢竟我又沒有做什麼壞事，只是讓丈夫等了許久，他看起來也像是才剛吃過飯，總覺得有些自責。這麼說來，我先前和情人見面的時候也曾經十點以後才回來，不過最近不曾那樣晚了。或許是這樣，丈夫才有些心生疑惑，就連我自己也覺得自己做的事情似乎有些像是那個時候。

〈其之五〉

對了對了，說起來那個時候也不記得是哪天，我的觀音圖完成了，所以就拿給丈夫看看。「喔？光子小姐是長這個模樣嗎。以妳來說這圖畫得挺好的呢。」丈夫在晚餐時將畫攤在榻榻米上，吃一口飯便看看畫、再吃一口再看看，然後說著：「圖是畫成這個樣子，不過真是長這模樣嗎？」似乎相當狐疑。「唉呀這幅畫可是像到不行了呢。不過真正的光子小姐除了這般莊嚴神采以外還有些豐腴感，畫成日本畫就比較沒有那種感覺。」——那幅畫我可是費盡功夫，自己也覺得畫得實在好。丈夫雖然也頻頻稱讚是幅傑作，但我自從開始學畫以後，的確是沒有如此拼命、興致十足地畫過。「乾脆將這張畫裱起來吧？這樣完成以後，就可以請光子小姐過來看看呢。」丈夫都這麼說了，我也覺得這樣很好，因此想著要請京都的裝裱店家裱得氣派些，但就這樣放在一旁，直到某一天。「其實我有那樣的打算。」我向光子小姐說了這件事情，結果她告訴我：「要是打算拿去裝裱，那麼不如重畫一張吧？——那張圖雖然畫得好……臉蛋是挺像的，但是身體形態還是和我有些不同呢。」「是什麼樣的不同呢？」「要說是哪裡不同，很難說明呢。」她這樣只是單純地說出自己的感想，並不是自豪說「我的身體是更加漂亮的」，不過看起來就是覺得有些不滿意的樣子，所以我就說：「這樣的話最好是能讓我看看妳裸身的樣子呢。」結果她也馬上答應我：「唉呀，當然沒有問題呀。」

因為提了這件事情，所以我們在放學路上談著要在哪裡看比較好。她說：「這樣的話，就去妳那兒讓妳看吧。」所以第二天的下午，我們早早休了課，兩人一起回到我家。「人家要是光溜溜的，妳丈夫肯定會嚇一大跳吧。」在路上的時候光子如此說著，看起來不像是覺得尷尬，而是在進行一種有趣的遊戲，眼裡閃爍著調皮惡作劇的亮光。「我家裡有個不錯的房間呀。在那兒誰也看不見，是間西式房間唷。」然後我將她帶到二樓的臥室。「唉呀，真是不錯的房間，還有相當時髦的雙人床呢。」光子小姐說著便坐在床上，彈簧床回彈著她的臀部、她的身子上下晃動著，我們看了好一會兒海景——我家就在海岸波浪拍打上岸的邊緣，所以二樓的風光相當遼闊。東邊和南邊都是玻璃窗，因此房裡十分明亮，早上也無法睡到多晚。天氣好的日子裡，能看到松林的那一頭，還能看到海洋那一邊的紀州一帶山頭，像是金剛山之類的地方。啊？——噢，也可以做海水浴沒錯。那一帶的海洋，稍微走遠一點就會馬上變深，因此頗為危險，只有香櫨園開了個海水浴場，夏天真的非常熱鬧。那時正好是五月中旬，因此光子說著：「真希望夏季早點來臨哪，這樣我就可以每天都來游泳了。」她在環視我房內以後，又說什麼：「要是人家結婚了，也想要有這樣的寢室呢。」「妳要是結婚了，怎麼會是這種地方呢。應該能去更好更棒的地方吧。」「或許吧，但結婚以後不管住在什麼樣的寢室裡，不都像是被關進漂亮籠子裡的鳥兒嗎？」「唉呀，雖然我也是有點這種感覺啦——」「我說妳呀，這兒理應是夫婦的祕密房間吧？妳將我帶來這種房間，不會被丈夫斥責嗎？」「祕密房間又如何呢？畢竟妳是特別的呀。」「雖然妳這麼說，但畢竟夫妻的寢室還是很神聖的……」「那樣說來，處女的裸體應該更加神聖吧，在這裡讓我觀看是再好不過了。現在光線也正好，快讓我看看吧。」我催促著。「不會有人從海上看到吧？」「傻子，在那麼遙遠海上的船能看到什麼呢。」「也是啦，但畢竟這是玻璃窗呢。——能把那邊的窗簾拉上嗎。」畢竟雖然時值五月，但陽光可是耀目到刺眼，所以原先窗戶都開著，在完全關上以後，房間裡也熱得讓人汗流浹背。為了讓光子小姐擺出觀音的姿態，我想著得拿什麼白布當成法衣讓她披上，所以拆下了床單。接著光子躲到衣櫥的後面解下腰帶、放下頭髮梳好以後，將床單宛如觀音大士法衣般從頭部往下纏繞。「妳看看，這樣一看，便覺得和妳的畫大不相同吧？」光子如此說著，站在衣櫥門上那鏡子前，對於自己的美貌失魂落魄。「唉呀，妳的身體真是漂亮呢。」——我不禁覺得，有這樣完美的寶貝，怎麼一直隱瞞著呢？忍不住有些責怪起她。我的圖畫雖然臉龐像她，但畢竟身體是照著模特兒Y子畫的，不像也是理所當然。而且日本畫的模特兒大多是臉蛋比身體漂亮，那位Y子小姐也是一樣，身材雖然還算不錯，但是肌膚相當粗糙、給人一種汙黑混濁的感覺，看慣了那種身體以後，如今覺得實在是天差地遠。「妳的身體這麼漂亮，怎麼一直都隱藏著呢？」我忍不住出口哀怨地說著。接著又繼續抱怨：「太過分、太過分了。」不知為何熱淚盈眶，從光子後面緊緊抱住了她，將自己以淚洗面的臉龐放在她身著白袍的肩上，望向鏡中兩人的樣子。「唉呀，妳這是怎麼啦？」光子看著我在鏡中的汪汪淚眼，一臉無奈地說著。「我只要看到太過美麗的東西，就會感動得流下眼淚。」我嘴上這麼說著，卻不動手拭去潰堤的眼淚，只是緊緊抱著她。

〈其之六〉

「好啦，這樣妳看過啦，人家要穿上衣服啦。」雖然她這麼說，我還是撒嬌般地直搖頭央求著：「不要、不要嘛，我想再多看一下嘛。」「怎麼這樣傻呢，我總不能一直裸著身子吧？」「這樣不成。妳哪裡有真的裸著身子呢？要把這白色東西拿下——」我說著便猛然抓住她肩頭上的床單。「放開、放開呀！」她拼了命不讓我扯掉，結果床單便拉破了。我忍不住氣血上衝，落下懊惱的眼淚，「那就算了吧，真沒想到妳居然這樣見外，就這樣吧。我們朋友也就當到今天吧。」我一邊說著一邊用嘴撕開破掉的床單。「唉呀，妳這是發什麼瘋呢。」「我才不認識像妳這樣無情的人。妳先前不是還與我約好了，說什麼我們之間不要有所隱瞞嗎？妳這騙子！」——雖然我自己不記得了，但我想那時的我應該看起來相當怪異吧？據說我蒼白著臉、全身顫抖瞪著光子小姐的表情，真會讓人以為是發瘋了。我那話一說，光子小姐也默默地凝視著我的臉龐，似乎也有些顫抖，從剛才高傲無比的楊柳觀音姿勢，變成了有些害羞地按著自己雙肩，一腳彎曲著擋在另一腳前，畏畏縮縮地站著，真是楚楚可憐不可方物。我實在有些急躁，又瞥見床單破洞下那略略聳起的肩膀白皙肌膚，覺得更該暴躁些全部扯下，竟忘我地衝過去粗暴將床單全給扯了下來。由於我實在太過認真，光子小姐似乎也有些愣住而隨我擺布，沒再開口說些什麼。只是我們彼此用憎恨凌厲的目光看著對方的臉龐，始終沒移開過視線。最後我終於露出得逞的勝利微笑——略帶諷刺、有些壞心眼的笑容浮上嘴角，而纏繞在她身上的東西緩緩散去以後，神聖的處女雕像也逐步展現在我的眼前，我的勝利感也不知不覺轉變成驚嘆的聲音。「噢，真是太可恨了，妳有如此漂亮的身體——我真想殺了妳。」我說著邊用力緊握住光子小姐顫抖的手腕，另一隻手則將她的臉龐拉了過來，我的唇也靠了過去。光子小姐忽然發瘋似地大喊著：「殺了我、殺了我——我想被妳殺死——」話語聲隨著溫熱的呼吸一起拂上我的臉龐。一看才發現光子小姐的臉頰上也有淚痕。我們擁抱著彼此、緊抓著對方的背，不知自己吞下的是誰的眼淚。

那天我並沒有特別想要做什麼，畢竟也沒有告訴丈夫說我要帶光子小姐回來，因此丈夫可能以為我會在下課之後過去事務所那裡，果然他等我等到黃昏時分，想著我怎麼還沒到，便打了電話回家。「既然如此，跟我說一聲就好啦，我等得可久啦。」「是我太疏忽了，實在抱歉，畢竟也是臨時才決定的呢。」「那麼，光子小姐還在嗎？」「現在還在，但應該就要回去了吧。」「那麼再留她一會兒吧，我馬上回去了。」「那就拜託你快一點囉。」——我嘴上雖然這麼說，但心裡不禁覺得丈夫回來湊什麼熱鬧呢。剛才寢室裡發生那種事情以後，我的心中滿溢著幸福感，覺得今天是多麼開心的一天啊，甚至輕飄飄到腳幾乎沒有著地的感覺，一點小事就覺得心兒怦怦跳，總覺得要是丈夫回來了，那麼我這難得的幸福可就要受損了。我只想和光子小姐兩個人就這樣一直聊天。不，其實也不用說話，只要能默默看著光子小姐的臉龐——只要在她的身旁，我就覺得無限幸福。「唉呀，光子小姐啊，剛才我先生打電話說他要回來了，妳打算如何呢？」「唔？怎麼辦好——」光子小姐聽了連忙慌張穿上衣服——這時已是傍晚五點左右，在那之前約莫兩三個小時，她都只披著床單——「要是我沒跟他見面就回去，是不是不太好？」「他是說想見妳……人也馬上就回來了，妳要不要等等他呢？」我用這種說法將她留了下來，其實卻想著真希望她能在丈夫到家前就離開。會這麼想，是因為我希望今天是完美的幸福日，因此祈求這難得的美麗回憶日子，不要蒙上第三者的不純暗影。畢竟我心裡這麼想，因此在等待丈夫歸來的時候，臉上很自然地出現不高興的表情，很是憂鬱的樣子。光子小姐見我如此，而且她又是第一次見我丈夫，或許也是有些尷尬，結果三個人根本沒有聊什麼話，鬧得發慌、各自想著其他事情。這樣一來，我就更覺得是受到打擾而生起氣來，忍不住惱怒著丈夫。「妳們兩人玩些什麼呢？」丈夫在光子面前隨意搭著話。「今天我把臥室當成畫房呢。」我刻意插話進來，「——我想要重畫觀音像，因此請光子小姐當我的模特兒。」「妳明明也畫不出什麼好畫，這樣根本給模特兒添麻煩吧。」「話雖如此，是模特兒自己說為了她本人的名聲，要我重畫的呢。」「妳不管怎麼畫，也不可能比得過模特兒本人啊。畢竟她可是漂亮得多了。」夫妻兩人如此對話，光子小姐只能羞答答低頭嗤嗤地笑，話題也斷斷續續的，沒多久她就回去了。

〈其之七〉

我將那時候往來的信件帶來了，還請您過目。除了這些以外還有許多，不過實在沒辦法全拿來，這只是一小部分而已，我就挑了些比較有趣的過來。這些比較早一點，大致上是按照順序排的，還請您之後可以先讀。光子小姐寫給我的信，我是一封也不漏地珍藏著，中間有一些是我寄給光子小姐的信，這是因為……之後再說好了，這是有些緣故，所以我從對方家裡拿回來的。（作者註：柿內未亡人說帶來的過往信件只有一小部分，卻是用了縐紗方巾包了個約八寸立方體的大小，方巾很勉強才將四角拉起來綁了結。為了解開那小而堅固的結，她的指尖都紅了，看起來簡直就只是在捏那個結。好不容易打開後拿出來的大量信件，簡直有如千百種千代紙都集合在這裡、全溢了出來。那些全都是有著令人眼花撩亂、五彩繽紛、用木板印刷的漂亮信封。那小小的信封剛好能夠放入對摺再對摺的婦女用信紙，外面印著套四到五色的竹久夢二[1]風格美人圖、月見草、鈴蘭或者鬱金香等圖樣。作者見此

1　明治昭和年間的畫家、詩人，以獨特的美人圖風格聞名。

也不禁有些驚訝。畢竟會用如此艷麗信封的，肯定不是東京的女人。就算裡頭裝的是情書，東京的女人也會使用更樸素的東西。要是讓她們見到這種東西，真不知要有多厭惡，肯定馬上遭到輕視。若是男性從自己情人的手上收到裝在這種信封裡的信，只要他是東京人，肯定也會馬上失去戀慕之心。總之她們用如此誇張的東西，果然真是大阪女人。而且一想到那是兩情相悅的女子之間往來之物，不禁更加令人感到不適。以下為了要讓大家明白故事的真相，因此會從信件當中引用一些內容，不過也會順便介紹一下信封的圖案。因為我認為，那些圖樣比起信件的內容，更加具有兩人戀情背景的價值。

（五月六日，柿內夫人園子寄給光子。信封長四寸、寬兩寸三分，粉紅色紙上有櫻桃和愛心的圖樣。櫻桃總共有五顆，是黑色梗與大紅色果實。愛心總共十顆，兩顆兩顆疊在一起。上半段淺紫色、下半段金色，信封上下都有金色鋸齒壓邊。信紙一整面是非常淺的綠色、印著地錦葉片，還有銀色的虛線橫格。夫人的筆跡是鋼筆，看來並無簡寫或含糊之處，肯定是好一番練過，在女學校中想必也是擅長書寫之人。風格上類似小野鵞堂[2]但更柔弱些，說好聽點是流麗，說壞點就是軟綿綿的樣子，但卻非常奇妙地相當符合信封上的圖樣。）

滴滴答答滴滴答答……今晚下著梅雨。我正聽著窗外打在桐花上的雨聲，在那個妳編給我的紅色燈罩陰影下面對書桌。雖然今晚總覺得有些令人陰鬱，但靜心側耳傾聽屋簷滴下的雨珠，不知為何總覺得像是溫柔的喃喃細語。滴滴答答滴滴答答……妳知道雨聲私語著什麼嗎？滴滴答答滴滴答答……噢是了，光子光子光子光子……是在呼喚著戀慕之人的名字呢。德光德光……光子光子……德、德、德……光、光、光……不知何時我提起了筆，在左手指尖寫下滿滿的「德光」和「光子」，從拇指依序寫到小指。

還請原諒我寫了如此無聊之事。

2 明治大正時期的書法家，以平安時期文字為基礎建立的書寫風格被稱為鵞堂流，由於學生們相當努力推廣，因此當時的婦女習字幾乎都使用此流派的字體。

明明每天都能見面，寫什麼信是不是很奇怪？但若在學校，靠到妳身邊就覺得有些尷尬而止步。這麼說來我們尚未成為這種關係的時候，明明還刻意靠近給大家看，傳開成真以後我們反而顧忌起他人目光，是因為我太懦弱嗎？唉，我真想強悍一點，更強、更強……強到不管是神、是佛、是父母、是丈夫我都不會害怕……。

妳明天下午是茶道課？那麼要不要三點來我家？請在學校讓我知道成不成，就像先前那樣打暗號。妳一定、一定、一定要來喔！就連現在，桌上那琉璃花瓶中綻放的白芍藥，也和我一起有氣無力嘆息著只等待妳的到來。要是讓它失望，可愛的芍藥花朵會哭泣的。那洋裝衣櫃的鏡子也說希望能映照出妳的身影。妳一定要來！

明天中午的午休時間，我會站在老地方那運動場的梧桐下。千萬別忘了暗號。

園

光小姐

（五月十一日，光子寫給園子的信。信封長四寸五分、寬兩寸三分。底色為灰粉，中央有寬一寸四分左右的正方形，中間散落著幸運草圖樣、下方有兩張撲克牌，分別是重疊在一起的紅心一和方塊六。方形和幸運草為銀色、紅心是紅的、方塊則是黑色，深紅棕色的信紙上沒有格線，由右下角起斜斜地以毛筆沾白色顏料寫著文句。筆跡比園子幼稚一些，看起來像是非常不穩重，但這位小姐的字體較大，給人一種不討人厭、活潑奔放的感覺。）

姊姊

小光我一整天都心情不好。我折下了壁龕裡擺設的花、破口大罵毫無過錯的阿梅（那是專門服侍光子的僕人名字）——小光我每到星期天就心情不好。問我為什麼？因為整天都見不到姊姊妳呀。為何老公在家就不能來？想著那講講電話總行吧，剛才撥了過去結果才知道妳和老公去了鳴尾採草莓，根本不在家！你們就玩得開心點吧！

好過分、太過分了。

實在可恨、太可恨了呀！

小光我一個人在哭泣。

啊、啊、啊，太可恨了無法言語。

Ta Sœur Clair

Ma Chère Sœur Mlle. Jardin

（上文中的「Ta Sœur」是法文的「Your Sister」，而「Clair」是光的意思，應該就是代表「光子」吧。「Ma Chère Sœur」這句則是「My Dear Sister」，後接「Mlle. Jardin」也就是「Miss Garden」代表了「園子小姐」。不喊「Madam Jardin」而是稱其為「Mlle. Jardin」的理由，她寫在了收件人姓名後面，內容如下——）

寫給姊姊的信我絕對不叫妳「Madam」。

「夫人」——這實在令人討厭！一想到就噁心！

但這種事情要是被妳老公知道就糟了，

Be careful!

姊姊妳為何在信上署名「園子」呢？為什麼不願寫「姊姊寄」給我？

（五月十八日，園子寫給光子的信。信封長四寸、寬兩寸四分。插圖畫在一旁。紅色底紙上有著如鹿子絞染[3]般的銀色點線花紋，下方有三片櫻花瓣尖端、其上則為舞妓的上半身背影。使用了紅、紫、黑、銀、藍五色套版，是色彩最為濃厚的信封。也因為這樣，文字若寫在正面會非常難閱讀，所以收件人姓名是寫在背面的。信紙約莫長七寸寬四寸五分左右，裡面畫了朵向左邊彎曲長達八寸左右的白百合花莖，周圍還有淡淡的淺粉色渲染。因此有畫格線的部分只有紙張面積的三分之一。上頭連綿寫著比四號鉛字還小的文字。）

終於發生了，雖然我早就有所覺悟會發生這種事情……終於還是決裂了。昨晚實在非常激烈。要是小光妳看到了，不知會有多麼驚嚇。我們夫

3 日本傳統紮染技法之一，染出來的花色有如小鹿身上的斑點圖樣。

妻——哎呀，還請妳原諒，我是說我們——老公和我都很久沒有那樣嚴重吵架了。其實別說是很久，這根本是我們結婚以來第一次發生這種事情。先前就算發生了問題，我們也不曾吵得像昨晚那樣厲害。那樣穩重溫柔的人，竟然會那麼生氣！但我也明白在他來說是理所當然，畢竟現在想來，我實在是說了非常不好的話。為何我在面對老公的時候，總是那樣倔強呢？而且我昨天又特別強硬，究竟是怎麼了？……我這次真的不覺得自己有做任何對不起他的事情，但老公卻胡言亂語一些非常粗暴的話語，什麼不良少女、吸血鬼、文學中毒——他口吐各種汙穢名稱，這樣他還不滿意，甚至說小光是什麼「寢室闖入者」、「家庭破壞者」之類的——要是說我自己，我都還能忍受，但罵小光我可就不能接受了。「若說我是不良少女，那你為何要娶這種人為妻？你是因為沒有男子氣概，只想著我家會幫你出學費，就跟不喜歡的人結婚嗎？你不是從一開始就明白我就是這麼任性嗎？你怎麼這麼卑鄙、這麼沒志氣？」我狠下心來說了這番話。結果他猛然舉起菸灰缸，我還以為自己要倒大霉了，但是東西飛向了牆壁，他也驚覺自己不該動粗，臉色蒼白地沉默了下來。「你就試試看讓我受傷啊，想必你也有心理準備了吧。」聽我這麼說，他仍然不發一語。之後到今天我和他都沒說過半句話……。

——這封信上說的爭執之事，我想讓老師您更加了解一些。先前不知有沒有跟您提過，我和丈夫在個性上實在是合不來，而且似乎在生理上也不太能夠符合彼此需求，因此結婚以來我們幾乎不曾享受過快樂的夫妻生活。丈夫覺得那都是因為我太任性，他覺得哪有什麼個性不合的問題，配合一下不就好了嗎。「我可是很努力要配合的，但妳根本不想這麼做。世間的夫妻才沒有妳說的那種理想夫妻。就算旁人看起來圓滿，要是知道內情，就會發現哪有人心無不平的呢。或許旁人看我們還覺得羨慕，從一般標準來琢磨實際上我們也可能是幸福的。就因為妳是個不明世事的千金大小姐，才會身在福中不知福、說那種奢侈的話。像妳這樣的人，不管丈夫有多麼好，根本都不會感到滿意的。」他總是這麼說。我實在不喜歡丈夫那種好像已經看透世間、放棄一切的說法，便攻擊他：「你看起來根本不曾有過煩惱、你這個人根本沒有像人的地方。」雖然丈夫說他努力配合我的個性，但他也只是心情上有稍微配合一下，根本把我當成小孩子、覺得哄哄我就好，這種態度實在讓我感到不高興卻又拿他無可奈何。我甚至還曾經說過：「你在大學裡似乎是個高材生，或許像我這種人在你眼裡很是幼稚，但在我看來，你根本是個像化石一樣的人。」這個人的心中真的有所謂的熱情嗎？這個人曾經哭泣、惱怒、又或者是感到驚訝嗎？對於丈夫這種冷靜的性格，我只感到無以復加的寂寞，不知從何時起開始抱持著一種懷有惡意的好奇心，這也造就了先前的事情、光子的事情等等各式各樣的事件。

〈其之八〉

不過先前的事件是結婚沒多久發生的事情，我還保持著處女時代的純真，比現在還要天真又心眼小，所以對丈夫抱持著比較強烈的歉意，如同我信上寫的，這一次我是全然沒有那種心情。我哪，說真的，在丈夫不明就裡之時吃了不少苦頭，因此變得世故、狡猾了些，但丈夫卻不明白這件事情，到現在都還把我當成小孩子。既剛開始我覺得這實在令人懊惱，但懊惱起來似乎又看起來更傻，我便想著好吧！既然對方當我是個孩子，我就讓他繼續這麼想、讓他掉以輕心好了，而且這種念頭愈來愈強烈。我表面上裝得天真無邪，見情況不對便一味耍賴、撒嬌，內心裡則想著哼！誰叫你要把我當成小孩子呢！你才是老好人小少爺吧！要騙過你這種人實在簡單，我忍不住要嘲笑他，後來覺得實在有趣，因此遇到事情馬上就大哭或者怒吼，連我自己都害怕起原來我這麼會演戲啊……我想老師您應該能夠了解，人類的心理這種東西，真的會隨境遇而改變的呢。先前有時候我還會回神思索著哎呀真不該做這種事情，進而後悔了起來，但如今滿心反抗，想著怎麼能這麼沒志氣？怎能害怕這麼點小事？嘲笑著自己的懦弱。……而且背著丈夫愛上外頭的男人雖然不好，但是女人家喜歡女人家有什麼不行呢？同性之間無論有多麼親密，丈夫都沒有干涉的權利，我總是為自己找這樣的理由、欺瞞自己的心。其實我思念光子小姐的程度，比起先前那一位可是十倍、二十倍……甚至可說是一兩百倍那樣熱烈……。

我會變得那樣大膽的理由之一，就是丈夫他從學生時代起，便是沒人說得動的死腦筋又老古板，而我的父親也早就看透了這一點，也就是他只會堅守著常識，根本完全不懂一些不太一樣的事情、或者與普通之事稍加不同的情況，因此我和光子的關係什麼的，他也很難察覺，只會想著就是一般的感情很好、不過如此而已。丈夫剛開始應該是做夢也想不到會有那樣的事情，不過之後也漸漸開始覺得奇怪了吧。這也是當然，先前我下課以後總是會到事務所那裡去找他一起回家，最近卻總是一個人先回家。而且三天裡就有一天肯定是光子小姐來了，兩個人有好長時間都關在房裡。說是要人家當模特兒，但到底在做些什麼呢？好幾天了也沒見到圖畫好，會覺得奇怪也是理所當然的。「哎呀小光，最近那個人似乎隱隱約約注意到了什麼，看來得更加小心些。今天我去妳那兒吧。」因為我這樣說，所以我也去過光子小姐家裡。……喔，畢竟知道學校那討人厭的流言是來自市議員的中傷，所以光子小姐的母親絲毫沒有懷疑。我也想著可不能讓自己信用掃地，也就在每次去訪都想盡辦法討好母親，她總喚我「柿內太太呀」、「這孩子交到好朋友真是太好啦」之類的話。像這樣子的情況，就算每天去玩或者講講電話應該都沒有問題的……但是除了母親以外，還有那信上寫的一個叫阿梅的女僕會在家裡，總有各種旁人看著呢，所以不能像在我家裡那樣。「果然還是不能在我那兒呢。好不容易媽那樣相信姊姊，要是一個弄不好可就麻煩了。」她說：「對了，要不要去寶塚的新溫泉？」由於光子都這麼說了，我們就兩個人去泡了家庭澡堂。她又說：「姊姊真狡猾，老是要看我的裸體，卻不讓我看看妳自己的。」我說：「我哪裡狡猾了呢？只是因為妳那樣白皙，我實在不好意思。要是妳看到這麼黑的身體，肯定要不喜歡我了。」第一次將自己的肌膚暴露在光子眼前時，我實在覺得兩人站在一起真是彆扭。光子小姐的膚色是那樣白皙、身體比例又勻稱、儀態纖細，相較之下我不知怎地就覺得自己的身體實在難看。……但是聽光子說：「姊姊也很漂亮呀，和我並沒有什麼差別。」逐漸地我也接受了她的說法，覺得的確如此……一開始我還完全縮著身子呢。

對了，光子小姐的信上說著，先前有個星期天我和丈夫兩人去採草莓對吧。其實那天我是想去寶塚的，但丈夫說什麼「今天天氣很不錯呢，要不要去趟鳴尾呀？」我想偶爾也該討好一下丈夫吧，雖然覺得不喜歡，還是跟他一起出門了，但是我的心思完全飄到了光子小姐那兒，根本玩得不盡興。愈是覺得思念，就覺得沒事便找我搭話的丈夫實在煩人、令人生氣，結果也沒能好好回話，一整天都悶悶不樂，丈夫似乎是從那時起便想說要好好給我一次教訓的。但是他原本就是個不太把情緒寫在臉上、喜怒不形於色的人，因此我那時完全沒發現他竟然已經生氣了。等到傍晚回家，知道出門時光子有打電話來，覺得實在好懊惱、好懊惱，就對丈夫和家裡的人亂發一通脾氣。結果第二天早上又收到光子小姐的抱怨信，我馬上打電話和她約好在阪急的梅田站會面，我們不去學校、直接前往寶塚，接下來的一星期每天都去寶塚。對了對了，剛才那張照片，正好就是那時候我們穿了相同的和服，所以兩個人便拍了紀念照……後來好像是採草莓後的五、六天左右吧，有一天我們一如往常在二樓聊天，三點的時候忽然女僕慌張地奔上樓來說：「老爺回來了呀！」我實在驚慌失措，抱怨著：「咦？怎麼會這個時候回來！」又說著：「小光，快點哪！」兩個人表情尷尬地下了樓。丈夫那時候正在將西裝換下、改穿薄布單衣，看見我們的瞬間一臉不悅，但馬上恢復平靜說著：「今天我實在沒什麼工作便早早離開辦公室，怎麼妳們也沒去學校嗎？」又說著：「怎麼沒泡個茶也沒拿點心出來？客人都來了……」然後我們三人隨意閒聊著，並沒有發生什麼事情，但那時光子小姐脫口叫了我一聲「姊姊」害我嚇了好大一跳。「妳呀，別再叫我『姊姊』，還是得叫我『阿園』哪，要是養成了習慣，會在別人面前也這樣叫我的。」雖然我成天這樣跟她說，但光子小姐每次聽了都不高興，老說著：「不要、我不要嘛，為什麼這樣見外呢？姊姊妳是不喜歡被我叫『姊姊』嗎？」又說什麼：「拜託妳就讓我叫『姊姊』嘛！在有別人的時候，我絕對會多加小心的！」雖然她是這麼說，但終究是說漏了嘴。等光子回去以後，丈夫和我都有些疙瘩、很是尷尬。之後到了第二天傍晚，吃完晚餐以後，他用那種像是忽然想到什麼事情般的語氣開口問我：「我總覺得實在不太能理解妳最近的行為，是不是有什麼理由呢？」我便說：「不太能理解是什麼意思？我自己沒發現呢。」他又說：「妳和那個叫光子的女孩感情似乎非常好，妳究竟是怎麼看待她的？」「我很喜歡光子小姐呀，所以我們感情很好。」「我知道妳喜歡她，我是說妳是哪種喜歡？」「喜歡這種感情，哪有什麼理由的呢。」——我想著不能讓對方抓到弱點，所以故意有些挑釁，結果他說：「妳何必這樣咄咄逼人，冷靜點說話不好嗎？」然後又說：「喜歡也是有各式各樣的意義，而且——先前學校裡不是有那樣的傳聞嗎？我是怕妳被人誤解就不好了，所以才這麼問的。萬一世間傳聞起那種事情，妳的責任會比那女孩重大啊，畢竟妳的年齡比較大、又是有夫之婦……這樣一來不就對不起那女孩的父母了嗎？不只是妳，連我都會被說怎麼不好好管管，之後不知道會變成怎樣呢。」雖然我將丈夫所說的話謹記在心，但還是倔強地說著：「我知道了啦，連交個朋友什麼的都要被干涉，真是討厭。你也可以去交自己喜歡的朋友啊，我希望你能讓我自由一點。自己的責任之類的我很明白。」「喔？若是普通的朋友，那我是絕對不會干涉的。但妳每天也不去學校、又避開丈夫的目光，與她悄悄關在四下無人之處，這看起來實在不是多麼正常的往來。」「喔？你這話可真是奇怪。會想像那種奇怪的事情，你才下流吧。」「如果下流的真是我，那我絕對會向妳道歉。我儘可能希望事情並非如我所想。但是妳在說我下流之前，是不是得先問問自己的良心？妳自己完全無愧於心嗎？」「為什麼今天又說起這種事情？我喜歡光子小姐的容貌，所以我們才變成朋友的，這你不是本來就知道嗎？你自己不是也說，想見見那樣的美人嗎？每個人喜歡漂亮的人都是理所當然的，女性之間就和愛好美術品沒有什麼兩樣，但你卻說什麼不正常，你才更加不正常呢！」「若是那樣，跟愛好美術品沒有兩樣的話，妳們又何必兩人關起來，我在的時候不也行嗎？……每次我回來的時候，妳們又總是彆彆扭扭的，那是怎麼回事？而且更重要的是，妳們又不是親姊妹，叫什麼『姊姊』還是『妹妹』的，實在令人不愉快。」「這太蠢了！你根本不懂女學生之間的情況。大家只要感情很好的話，互相稱呼『姊姊』還是『妹妹』之類的，一點都不稀奇。也就只有你才會覺得這種事情奇怪了吧。」那天晚上丈夫就是不肯服輸。平常只要我多鬧一下彆扭，他就會說：「真是拿妳沒辦法。」然後適可而止就此罷休，但這天卻窮追猛打地說著：「妳說謊也沒用，我問過阿清了。」他表示知道我們不是為了畫畫，但究竟在做些什麼，非要我講個明白。「那種事情很難說明呀，雖然說是要畫畫，但畢竟和專業的畫家雇用模特兒繪畫並不一樣，總是半帶著玩心，並不總是那樣正經八百啊。」「那樣的話又何必到二樓，在樓下的房間不也行嗎。」「在二樓又有什麼不行呢？——你呀，最好去個畫室看看人家畫畫的樣子，就連專家在製作作品的時候也不會總板著一張臉呢。他們都會悠悠哉哉地等待，不這樣畫的話不會有好作品的。」「妳說得倒是了不起，那麼什麼時候會畫好呢？」「能不能完成是我的問題呀。光子小姐可不僅僅有著美麗的臉龐呢，她全身都美麗到令人顫抖，請她擺出觀音像的姿勢以後，看著就覺得即使不動筆畫畫，也不會感到厭倦哪。」「那女孩就這樣讓妳看著自己的肌膚好幾個小時也平心靜氣？」「當然囉，女人看女人哪有什麼好害羞的，有人稱讚自己的肌膚，都會感到高興的。」「就算都是女性，大白天的讓女性裸著身子，妳們簡直是瘋了。」「我才不像你被老舊觀念束縛。——你不曾在看見電影女星的裸體時感到那實在美麗嗎？我覺得那就像是看到一種美景一樣令人陶醉、無比幸福、感受到生存意義，甚至感動落淚。雖然這跟沒有『美』之感受的人說明，你大概也不會理解吧。」「這跟『美』的感受哪有什麼關係，根本就是變態的性慾。」「你真是個老古板。」「別說蠢話了！就因為妳一天到晚都讀那些沒用的愛情小說，才會文學中毒。」「你真的很囉嗦耶。」我根本不想理他而轉向一邊。「我看那叫光子的女孩也不是什麼正經的小姐，只要稍微有點常識的人，都不會闖入別人的家庭、破壞人家的和諧。我看肯定不是什麼好女孩。就是因為跟那種人來往，現在就給妳造成了麻煩。」——其他人說我也就罷了，但自己喜歡的人被說成那樣，真是不知有多麼惱人，聽見他說光子小姐的壞話，我馬上怒火中燒。「你這是什麼話！你有什麼權利對我最喜歡的人說三道四？找遍整個世界，也沒有像光子小姐那樣在個性與容貌上都和我合得來的人了。那樣心靈純淨的人根本就不是人類，是觀音哪。說她壞話會遭受天大的懲罰！」「妳看看！都說出這種話了，精神還正常嗎？真是瘋了。」「你才是人類化石呢。」「妳何時成了這樣誇張的不良少女呢。」「反正我本來就不良啊——這種事情你以前就知道了，那為什麼要跟這種人結婚？是因為我父親幫你出了留學費用，所以才娶我的嗎？肯定是這樣吧！」無論丈夫個性有多好，聽了這些話以後，頭上也開始爆出青筋，很難得地大聲怒吼著：「妳說什麼！再說一遍！」「哼，要我說幾次我都說！你這樣沒有男子氣概，就是想要錢才跟我結婚的吧！卑鄙小人！」下一秒我還以為他是要換個坐姿，沒想到咻地飛過來一個白色的東西，鏘地擊中了後面的牆壁。我拼了命地縮起脖子，所以並沒有怎麼樣，總之他是拿起菸灰缸丟向我。丈夫再怎麼樣都不曾對我展現過一點暴力，我一時激動了起來，對他喊著：「你就那樣恨我嗎！要是我的身體有一點擦傷我就會跟我爸說，你最好明白這一點，隨便你要殺要剮！來殺我啊！你就殺了我啊！」丈夫只說了：「蠢貨！」然後愣愣地看著我在那兒大吼大哭。

丈夫和我都沒再開口，第二天就這樣大眼瞪小眼，一直到晚上進了臥房都還是一語不發。半夜的時候丈夫忽然轉過身來，將手放在我的肩上，試著要將我轉向他那邊，我雖然任他擺布卻裝成睡著的樣子。結果他說：「昨天晚上是我太過火了。但我想妳也明白，這是因為我愛妳所以才會那樣的。雖然我看起來很不親切又相當冷淡，但我的心裡並非如此。如果我做得不好，會儘可能改進的，妳是不是也能尊重我的意願呢？我絕對不會干涉妳在外面做些什麼，只是請妳今後不要再和那個叫光子的女孩往來。我只請求妳答應我這件事情。」「我不要。」我閉著眼睛用力搖頭。「那樣不行的話，那麼往來也沒關係，就是別讓那女孩進這房間，也請不要單獨和她去其他地方。還有今後出門和回家都和我一起。」「我不要。」我依然搖著頭。「我討厭自己被拘束，我想要絕對的自由。」說完以後我便轉過身去背對丈夫。

〈其之九〉

一旦決裂以後，就沒有什麼好害怕的。無論如何都無所謂了，我也因此而更加思念光子小姐，第二天馬上飛奔到學校去，不知為何那天卻沒見著她的身影。撥了電話過去，才知道她今天前往拜訪京都的親戚，如此一來我更想見她了，加上昨晚吵架一事又占據心頭，因此我拼了命地寫信，寄出之後又擔心起自己寫下那種事情，光子小姐會怎麼想呢？我猛烈地在意起她會不會說什麼「這樣真對不起姊姊的老公，我還是避嫌吧。」但是再到第二天，我在運動場那梧桐樹蔭下等待她的時候，她卻毫不在乎他人目光，口裡喊著「姊姊」便朝我奔了過來，說著：「我今天早上讀了信，在見到姊姊以前都覺得好擔心、好擔心……」她的雙肩下垂，由下往上抬頭望著我，淚眼汪汪的。「哎呀，小光，妳一定覺得很懊惱吧，我家那口子居然說那種話……」我自己說著也撲簌簌地落下眼淚，「妳一定覺得心情很差吧？請妳原諒我，要是我沒寫那種事就好了。」聽我這麼說，她回道：「我不是指那件事情啊。別人說我什麼都沒有關係的，我是討厭萬一姊姊聽了老公那樣說，也要討厭我了！哎呀姊姊，妳肯定、肯定是討厭我了吧？」「傻瓜，要是那樣的話，我昨天怎麼會寫那種信給妳、怎麼會打電話給妳呢？事情已經發展至此，無論發生什麼事情，我都不可能和妳分手的！要是他再囉囉嗦嗦，我寧可不要他了。」「姊姊妳現在雖然這麼說，但肯定會愈來愈討厭我，還是愛著老公不是嗎？畢竟提到夫妻，大家都是這麼說的……」「我才不想跟那種人當夫妻呢。我是個 Mademoiselle 啊。小光妳要是願意的話，若有個萬一，我們兩人就一起逃到別的地方吧。」「哎呀，姊姊！妳是說真的嗎？妳真的、真的不是騙我吧？」「怎麼會騙妳！我可是已經下定決心了。」「那麼我也決定了。姊姊，要是我說要死的話，妳願意陪我嗎？」「當然、當然了，小光也願意跟我一起死嗎？」——大概就是這樣，我們兩人之間因為我和丈夫那場架，情感也變得更深刻；而丈夫反而像是兩手一攤放棄了，不再多說什麼，因此我也得意忘形而更加大膽了起來。「真是的，我家那口子看來已經放棄了呢，我們也沒什麼好顧慮的啦。」——因為我都這樣說了，光子小姐也逐漸比較放得開，就算我們在二樓而丈夫回到家的時候，她也會說：「姊姊我不要妳下樓嘛。」除了她自己不下樓以外，也不讓我到樓下去。她就這樣在我家玩到十點、十一點左右才說：「姊姊，我想打個電話回家。」我便撥了電話過去找她母親，說些「她今晚在我家吃飯，大約幾點會回家」之類的事情，請那名叫做阿梅的女僕時間到了便讓車子來接她。晚餐有時候也是兩個人就在二樓吃，不過丈夫畢竟閒著也是閒著，所以我會說：「如何？你要不要一起啊？」「喔，好啊。」因此大多時候是我們三人一起吃，而那時光子小姐已經相當隨口便喊著我「姊姊、姊姊」了。若是她想和我說話，就算是三更半夜也會讓電話鈴聲大作。「怎麼啦？現在幾點？妳還醒著啊？」「姊姊已經睡了嗎？」「畢竟都兩點多啦——我好睏啊，睡得正好呢——」「實在抱歉哪，難得你們親親熱熱的——」「妳是故意打電話來說這種話的嗎？」「哎呀有老公真是好呢，人家一個人好寂寞、好寂寞，一直睡不著覺呢。」「真是拿妳沒辦法——別再鬧彆扭了，快去睡吧，我明天再陪妳玩。」「那人家明天一大早就會馬上去姊姊那裡，要是妳老公睡得很晚，妳得逼他早起、趕他快點出門呢。」「哼，好啦、好啦——」「說好囉。」「嗯、嗯，我知道、我知道啦。」我們就這樣隨口閒聊也說了二、三十分鐘的電話。信件那些東西，本來也都是私下偷偷在寫的，後來也愈來愈不在乎，光子小姐寄來的信，我讀完以後便隨手放在桌上——畢竟丈夫不是那種會偷看別人信件的人，所以我一直很放心，但之前還是擔心他會讀，所以都會連忙放進衣櫥抽屜裡鎖上。

就這樣，丈夫也明白遲早有一天會再掀起風波，但情況總是比以前好，所以我也就愈發上了興頭，成為熱情的奴隸。就在那時，發生了一件對我來說簡直晴天霹靂的事情——真的是我作夢也想不到的事情。那正好是六月三日的時候，光子小姐在中午前後過來，一直玩到傍晚五點左右回去以後的事情，我和丈夫大約在八點吃了晚餐，又過了約一小時左右，也就是剛過九點，女僕說：「有通從大阪打來的電話要找太太。」我問：「大阪的什麼人呀？」女僕說：「沒說是誰呢，對方只說非常緊急。」「喂，是哪位呢？」我才說完，便聽見「姊姊、姊姊——是我呀。」除了光子小姐以外，沒有人會這樣叫我，不過或許是電話線路不夠穩定、也可能是她非常小聲說話，實在是模糊到聽不太清楚，我擔心可能是有人惡作劇，所以便再說了一次：「妳是誰？請說清楚名字呀，妳撥的電話是幾號？」「是我呀，姊姊！我撥的號碼是西宮一二三四號呀。」這開口說出我家電話號碼的聲音，怎麼聽都是光子小姐沒錯。「……我呀，現在在大阪的南邊，實在太慘了……我的和服被偷了。」「什麼！和服？……妳在做什麼啊？」「我在泡澡啊……這裡是南地的館子，裡面有浴室呢……」「喔？妳為什麼又去那種地方？」「哎呀當然是有原因的啊……事情發展至此我也覺得應該要告訴姊姊……但這事情還是之後再慢慢說吧……我現在真的是遇到大麻煩……還請妳幫幫我，我剛才穿的那和妳一樣的和服，可以馬上幫我送過來嗎？」「所以妳是在離開我家以後一直在大阪晃蕩嗎？」「嗯，是啊。」「妳是跟誰在一起？」「哎呀是姊姊不認識的人啦……要是沒有那套和服，今晚就回不了家了，拜託、真的拜託了，能幫我把衣服送過來嗎？」——光子小姐似乎都快哭出來了，但我因為太過震驚，心兒直跳、連膝蓋都顫抖了起來。我問她要送到哪裡好，她說就是南邊那太左衛門橋路旁邊、位於笠屋町一間叫做井筒的地方，我根本沒聽說過那種館子。除了和服以外，還有腰帶、帶扣、帶繩等，幸好這些我都有一模一樣的，所以我明白她要我送去的道理，但奇怪的是連內腰帶、腰帶枕、內衣綁帶、足袋都給偷了。「那麼假領需要嗎？」聽我一問，她便說：「最好是整件的和服內衣。」雖然她說請個可靠的人在一小時內，也就是十點左右前送過去，但這又不能隨便找個人，無論如何看來只能我自己搭車過去了。我便說：「我過去也行嗎？」而光子小姐那邊似乎電話旁還有另一人，從剛才便一直對著光子「這樣吧、那樣吧」地給意見。「既然如此，要是姊姊能來一趟就好了……若不是的話，阿梅現在應該在梅田車站等著，交給她也行。不過阿梅不知道此處，得麻煩妳告訴她。還有交代她來的時候說要找鈴木。」——然後她似乎又與身旁的人商量了些什麼，過了一會兒又開口：「那個，姊姊啊……」似乎相當難以啟齒，「……那個，真的是很抱歉，但還有一個人也因為沒衣服而相當困擾，如果那邊方便的話，是不是也能借一套妳丈夫的衣服，不管是西裝還是和服都行的……」她又繼續說：「還有那個，我知道我這樣真的很任性……要是能夠再拿個二十圓或者三十圓過來就更加感激不盡了。」「錢總會有辦法的，哎呀總之妳就等著吧。」說完我便掛了電話，馬上叫了車來，只對丈夫說：「我去去大阪便回來，光子小姐似乎有急事哪。」連忙奔上二樓從衣櫥裡將我與她相同的那套和服以及那些小東西，還有丈夫外出時穿的絹布單衣、短外掛、有些彈性的腰帶都拿出來用包袱巾包了起來，然後讓女僕先悄悄拿到玄關去。沒想到丈夫還是發覺了，問我：「怎麼這個時間了還拿那樣大一包東西？」正當我要上車的時候，他從屋裡走出來問著。多半我的樣子看來十分慌張、臉色大變，衣服也沒換、更沒打理頭髮便要出門，肯定看來相當奇怪，因此我打開包袱巾的一角露出了和服，向他說著：「我也搞不清楚是要做什麼呢，今晚連忙就要這套和服……說是非得穿這套才行，要我送到大阪那兒的店家去。不知道是不是演起了業餘戲劇之類的，我會讓車等著，馬上就回來的。」那時都已經九點二十五分左右了，我原本想要直接到那所謂在南邊的井筒，但又覺得不如先去梅田找到阿梅問問，或許她會知道這是怎麼回事。去了梅田車站一看，她正站在中央入口處，似乎等了很久而東張西望著，我從車裡向她招手喊著：「阿梅呀！」她一臉驚訝又有些害羞地回道：「哎呀，這不是太太嗎。」我說：「妳正在等小光對吧？小光說她現在有點麻煩，打電話叫我趕緊去接她，妳也快上車吧。」她似乎覺得很不安：「咦，真的嗎？」拖拖拉拉的，我只好硬拉她上車，在路上我便簡單敘述剛才電話的內容，並問她：「欸，那跟她在一起的男人到底是誰？阿梅妳知道嗎？」——起初她面有難色、支支吾吾。我又繼續說：「妳不可能不知道吧？不是只有今天才發生這種事情吧？無論如何我都不會給妳添麻煩的，若妳願意告訴我，要多少謝禮都行。」我在她眼前掏出十圓，用紙包了起來。「不、不，我平常就相當受您照顧了呀。」雖然她婉拒了，但我還是塞進她的腰帶裡催促著：「妳這樣拖著，時間都要過了呀。」結果她說：「我真的能和太太一起過去接人嗎？我會不會之後才被責罵呢？」「為什麼呢？她說若是我不能去，那就請阿梅過去呀。」「她在電話中真是那樣說的嗎？我實在很擔心……」她這樣說，看起來似乎是擔心中了我的計之類的，所以我安撫她：「沒有那回事，她若不打電話給我，我怎麼會知道這種事情呢？」「話雖如此，太太您先前一直都沒有發現，我一直想著這是為什麼呢，這讓我覺得非常害怕……」「喔？所以是從什麼時候開始有這種事情的？」「什麼時候開始的呀，很久了……應該是四月左右吧，我也不是那麼清楚……」「那麼對方是誰呢？」「這我也不知道，小姐總是先給我錢，要我去看看電影也好，然後告訴我幾點在梅田等著她，我完全不知道她去了哪裡，還以為是到某處和太太您見面呢。若是很晚才回家，她也說今天整天都在柿內太太家玩……。」

〈其之十〉

「這種事情，至今為止發生過幾次了？」「幾次實在算不清了，她總說今天去學茶道、今天要去柿內太太家就出門了，我也想著就是去那些地方而隨她出門，結果她又說什麼『哎呀，我有點事情，總覺得心神不寧呀』就一個人不知去向。」「妳說的是真的嗎？」「我又何必說謊呢──太太，您真是一點兒都沒有察覺嗎？至今為止都沒有哪裡覺得有些奇怪嗎？」「唉我也真是個傻子，一直都被利用、當成道具、遭到踐踏，事到如今竟然都還沒有察覺哪。這事情實在是，該怎麼說好──」「確實，我家那小姐實在是個可怕的人……我每次看見太太您的臉，就覺得實在是相當抱歉，實在可憐、真的很可憐──」她說話的語氣是打從心底同情我，雖然我對阿梅這樣的人生氣也沒有什麼用，但因為實在懊惱，感覺五內翻滾忍不住想到什麼都脫口而出：「哎呀，阿梅呀，我想妳是早就發現了吧。我真是作夢也想不到這樣的事情，先前還為了光子小姐和我家那口子吵架哪。我都為她做到這樣，妳肯定覺得我根本沒有腦子吧。唉這就算了，今晚還打了這種電話來，到底是想做什麼？把人當傻瓜也該有個底線吧！」「真的是不知道想做什麼呢？我想可能是真的有什麼困難？」「不管是有什麼問題，跟喜歡的男人去吃飯又去泡澡，哪有這種事情的！妳也想想啊！」「這樣說的確也是，不過若是和服被偷走了，總不可能就裸著身子回家……」「要是我就裸著回家呀，與其要打那種丟人現眼的電話，還不如裸著回家。」「在這種時候遭小偷，可見人還真是不能做壞事呢。」「根本就是懲罰。而且被偷的還不是金錢，兩個人都光溜溜的，連腰帶和足袋都不剩呢……」「哎呀呀、哎呀呀，那還真是懲罰。」「唉、唉！我可不是為了做這種事情而和她做了套相同和服的呀……到底要把我當傻子耍到哪種程度？」「小姐今天正好穿了那套和服出門，實在算是她運氣相當好呢。姑且不論她叫太太您過去接她有多任性，但怎麼會演變成這樣呢？」「我原先也不是那麼想來，一開始根本搞不清楚是怎麼回事，聽她在電話另一端哭著哀求，我真的非常驚訝。而且不管我覺得她有多麼可恨，還是沒辦法打從心底憎恨她，眼前閃過她赤裸裸打著冷戰的樣子，就覺得哎呀實在太可憐了、讓我坐立難安……哎呀阿梅，旁人看來我肯定像個傻子對吧。」「這個嘛，確實是如此……」「而且怎麼搞的，除了她自己的衣服以外，還要我連男人的也帶去，在電話那一頭窸窸窣窣地商量、簡直就是故意讓人知道，真不曉得他們說話時是什麼樣的表情。在人前老是『姊姊、姊姊』地叫著，說什麼『除了姊姊以外我沒有給別人見過我的肌膚』，卻兩個人裸著互看！」那時我真是想到什麼都脫口說出，根本不曉得車子開到哪裡了，似乎是從堺路在清水町附近向西轉了彎，我還記得前方心齋橋路那大丸百貨公司的燈閃爍著，心想可不能開到大丸那裡去了，要在太左衛門橋路南邊轉彎，正好駕駛就開口詢問：「這裡就是笠屋町了，要停哪裡呢？」我說：「這附近有哪間叫做井筒的館子嗎？」找了一會兒卻沒能找到。詢問附近的人，結果對方說：「那不是館子，是個旅館呀。」我又問：「是在哪兒呢？」「就在前面巷子底。」──那裡呢，是宗右衛門町和心齋橋路後頭的小巷，不太有人經過的陰暗小路，有許多藝妓館、小餐館和旅館之類的，這些店家全都靜悄悄、門口窄小又樸素彷彿普通住家一樣。走到剛才人家告訴我們的巷底入口，有個小小的「井筒旅館」店家燈號，我說著：「阿梅，妳在此處等著。」就自己進去了。雖然說是旅館，但畢竟是這樣有些曖昧又麻煩的店家、還位在巷底這種地方，我拉開木格門後猶豫了好一會兒，而廚房那邊似乎有人拼命打電話，不管叫了幾次都沒出來。「有人嗎？」「有人嗎？」我大聲喊著，終於有女服務生走了出來，我都還沒開口呢，她才看見我，似乎就了然於胸說著：「您請上樓。」帶著我從狹窄的樓梯上了二樓，然後說著：「來接的人已經到了。」同時拉開了房間的紙門。進去一看，是間約三張榻榻米大的房間，有個二十七、八歲的肌膚白皙的男性端坐在內，開口說道：「實在非常抱歉，您是光子小姐的朋友那位夫人嗎？」我回答：「是的。」他就猛然一臉嚴肅地將頭磕到榻榻米上，說著：「今晚的事情實在是不知道該怎麼告訴您，也不知該怎麼向您道歉。無論如何這件事情，光子小姐實在是相當對不起您，不知道該如何見您，而且她現在沒穿衣服，實在不好和您說話，因此至少等換好衣服才能夠見您。」說起來那男人，確實像是光子小姐會喜歡的那種五官端正有如女人般美麗的人，眉毛雖然淡了些、眼睛也不大，給人有些狡詐的感覺，但也還是我在看到的瞬間會心想「是個美男子呢」的容貌，他應該也沒有衣服穿，現在卻身著條紋圖樣的單衣，後來才聽說那是向旅館男服務生暫時借來的。「我把換穿的衣服帶來了。」說著我便將包袱交給他，而他也一副無比恭敬的樣子說：「實在是感激不盡。」接過了包袱，然後拉開房間角落隔間那紙門、將包裹推到裡面的房間，又馬上就把門給拉上，我只隱約瞧見了枕邊的屏風……。

那天晚上的事情，這樣一一詳細說明實在很長。當時我畢竟也已經把東西送到，而且男人也在此處，我覺得見了面也無可奈何，因此拿紙包了三十圓就說：「我先回去了，這個請交給光子小姐。」但那男人堅持：「還請您不要這樣說，就等等她吧，她馬上就出來了。」硬是把我留下。接著他又在我面前重新坐好說道：「其實這件事情，真的應該要由光子小姐自己告訴您，我想我只能從我的立場來說明，您是否能稍微聽聽呢？」——也就是說光子小姐自己難以啟齒，所以在她穿衣服的期間，就由這名男性來告知情況，看來他們早就決定好了。接著那個男人……哎呀對了，那男人當時說：「我的錢包也被拿走了，所以現在手上沒有名片。我叫綿貫榮次郎，是船場德光先生店家的鄰居。」——聽這個叫做綿貫的男人是說，他是光子小姐還住在船場的時候，也是去年年底就互相愛慕、還約定好了要結婚的對象。但是到了今年春天，因為有那與M的婚約一事，因此兩人看來是不可能結婚了，然而因為同性戀的謠言，那樁婚事又告吹。他說：「意思也就是說呢，我們並非利用太太您，雖然一開始彷彿是在利用您，但光子小姐也逐漸被您的熱情所感動，比起我，她逐漸更加愛您，我實在不知道自己是有多麼嫉妒，要說被利用的話，我覺得自己更像是被利用了。而且我雖然是第一次與您見面，但其實已經從光子小姐那裡聽說過太太您許多事情。光子小姐說就算一樣是戀愛，同性之愛與異性之愛也是全然不同的，若是我不能容許她與您的感情，那麼她也無法和我繼續下去，我最近好不容易才能夠接受了。光子總是說：『我的姊姊她是有夫之婦，因此我也可以跟你結婚，但夫妻之愛是夫妻之愛，同性之愛則是同性之愛，你要完全明白我會一輩子和姊姊在一起。如果你不喜歡，那我就不會跟你結婚。』因此光子小姐對於太太您的情感，是非常認真的。」我覺得自己真是被當傻子，但這男人實在很會說話，連一絲漏洞都沒有。男人表示他認為自己和光子小姐的關係一直隱瞞我也不太好，就告訴光子說，既然自己都接受了，那麼也應該要讓我知道才行，而光子小姐也覺得的確這樣比較好，然而事到如今要當著我的面開口卻又很難，就這樣想著「有機會的話、有機會的話」，結果便發生了今晚的事情。並且剛才電話中說的遭小偷，好像也並非那麼簡單。拿走衣服的其實不是小偷、而是賭客，仔細聽下去便覺得，人還真的是不能做壞事哪。那天晚上旅館的其他房間有人在賭博，沒想到警察臨檢，刑警一舉衝了進來，他們兩個人驚嚇之中拼命逃離房間，光子只穿著長和服內衣、男人則穿著睡衣，兩人從屋頂逃到了隔壁屋子，躲在曬衣處的地板下。賭博的那些人也爭先恐後逃了出去，大多順利逃走，但當中有一組夫妻跑得慢了點，在走廊上徘徊的時候發現光子小姐他們的房間門開著，便逃了進去，正好就在光子小姐他們離開以後。他們想著這樣正好，於是那對夫妻便假裝成是來幽會的。他們會這麼做，似乎是因為知道負責抓賭博和負責抓幽會的刑警並非相同部門。但是刑警也很明白這點小伎倆，看這對夫妻行跡可疑，仍然將他們帶回警局。於是他們穿著那時放在枕邊衣物籠裡的光子小姐與綿貫的和服，就被警察帶走了。會演變成這樣，是因為那對夫妻穿著旅館的浴衣賭博時，警察便衝了進來，雖然自己的衣服就在另一邊的房間，但想著要徹底裝成幽會者，便穿上了枕旁的衣服。結果光子小姐他們好不容易逃走了，一回到房間卻發現衣服不見了，要是那夫妻能悄悄放下錢包或者手提袋之類的就好了，但連旅館的主人都被逮捕，根本找不到人商量，別說是回不了家，光子小姐的手提袋當中還放了阪急電車的月票、男人的錢包裡也有名片，要是警察打電話到家裡，事情可就糟糕了，左思右想束手無策，只好把我叫出來。接著他說：「夫人您都親切地幫到這裡了，若是真為了光子小姐好，雖然會給您添麻煩，還是請您送她到蘆屋那裡，說今天晚上和她一起看電影，萬一警察打電話過來，再請您幫忙說說好話好嗎。」

〈其之十一〉

「夫人呀，今晚的事情您一定很生氣，但還是請您多多幫忙了。」男人說著又將頭磕到了榻榻米上。「我自己怎麼樣都無所謂，但還請您讓光子小姐平安無事。我一輩子不會忘記您的大恩大德。」說著他又雙手合十朝我膜拜。我也真是個濫好人，就算他們這樣愚弄我、讓我覺得實在過分，卻也說不出「我不要」這幾個字。但我還是覺得相當懊悔，因此直盯著那男人拼命行禮的樣子，瞪著他好一會兒，最後還是軟化下來說了句：「好吧。」結果男人一副感激不盡彷彿演員那麼誇張地「噢！」了一聲，再次將頭磕到榻榻米上說著：「您答應了嗎！真的是非常感謝，這樣一來我也安心了。」接著他又窺看了一下我的樣子，繼續說道：「這樣的話我馬上叫光子小姐出來，不過還有一事也請您務必答應，今晚的事情我想您也一定相當惱火，但還請您千萬不要說出去，拜託了，您可以發誓不說出去嗎？」實在沒辦法，只好也答應了這件事。「光子小姐！」他馬上開口對紙門的方向喊著：「夫人已經答應了，妳快出來吧。」早先紙門後還有窸窸窣窣換衣服的聲音，到那時已經是一片寂靜，紙門後的人似乎一直豎耳聆聽我們說話。即便如此，在男人開口呼喚之後還是過了兩三分鐘，紙門才喀答一聲開了條縫，接著非常緩慢、一寸兩寸地慢慢拉開，眼睛已經哭得紅腫的光子小姐終於走了出來。

我雖然想看看她當時是什麼樣的表情，但才瞥了一眼、兩人視線對上，她就慌張地低下頭去，躲在男人背後靜靜坐著，我只能看見她紅腫的眼皮、長長的睫毛、挺直的鼻梁以及她緊咬著下唇，兩手則是這樣……收著手緊抱自己的身體、縮起了身子、前襟敞開處也沒拉好，感覺相當隨便。我就這樣眺望著光子小姐的樣貌，想著這是我和她一樣款式的和服呢，回想起做這套衣服的時候、還有一起穿著和服拍照的事情，不禁怒火中燒，可惡！要是沒做這種東西就好了！真想撲上去把衣服撕爛——要是那男人不在這裡，我或許真會做出這種事情。男人大概也感受到了我的態度，因此在我們兩人都還沒開口說話的時候，便起身「好啦好啦」，表示他也要換衣服並收下我給的錢，雖然旅館說「不用給」但還是結了帳。又馬上跟我說：「對了，夫人哪，實在是非常抱歉，但您方便現在撥電話到光子小姐家和自己家中嗎？」根本就不給我商量的餘地。由於家裡的人非常擔心，因此我詢問著：「我送光子小姐回去以後就回家，她家有沒有來問些什麼呢？」叫來女僕詢問，說是：「剛才對方家裡有撥電話過來，但因為不知道該向對方說些什麼，因此也沒說是幾點，只說了兩位去大阪。」「那麼老爺他已經睡了嗎？」「不，還醒著呢。」「告訴他我馬上就會回去了。」說完我便撥到光子小姐家去：「我們今天晚上去了松竹，但實在太餓了，從電影院出來之後就去了鶴屋食堂。沒想到竟然這麼晚了，我稍後便送光子小姐回去。」光子小姐的母親也出來聽電話：「哎呀，原來是這樣哪。我想說怎麼這麼晚，還撥了電話過去您府上呢。」從話語中聽來，應該沒有接到警察通知之類的。這樣的話倒是好辦，立刻搭車回去就是了。不過那男人把三十圓中剩下大約一半都發給了旅館裡的男女服務生，說希望無論發生什麼事情，都不要再給兩人添麻煩，因此若是警察調查這樣那樣的話，最好跟他們說如何又如何之類的，那時候我真的非常驚訝他竟然如此注意小細節。之後終於……我大約十點過後到那裡，磨磨蹭蹭都過了一個小時，出來的時候已經超過十一點了。那時我才想起來自己讓阿梅在外頭等，便喊著：「阿梅！阿梅！」而她正在巷子裡晃來晃去，這也才上了車。沒想到那男人竟然說著：「麻煩也送我去那一帶。」就若無其事鑽進車子。光子小姐和我坐在靠裡面，阿梅和綿貫則坐在備用椅上，四個人大眼瞪小眼、一語不發，車子向前奔馳著。過了武庫大橋以後，男人才忽然想起什麼似地開口：「所以要怎麼辦？不是搭電車回去好像怪怪的……對了，光子小姐，妳知道車子停哪裡比較好嗎？」說起來光子她家是在蘆屋川車站往河流西邊、靠山那邊的方向，那裡就在相當有名的賞櫻景點汐見櫻附近，距離電車路線大概五、六百公尺，中途有個相當寂寥的松樹林，經常發生一些強盜或者強姦之類的可怕事情，所以晚上很晚回家的話，就算有阿梅陪著，她們也會在車站前叫人力車回家，我想說應該可以停那裡吧。結果他又說什麼那樣不行，站前的人都認得我們，最好要在比較遠一點的地方停車，阿梅也表示附和，但光子小姐仍然不發一語，只是不時盯著坐在對面的綿貫，眼神透露出想商量事情的樣子嘆氣。結果男人又說：「嗯，還是在國道的業平橋那裡下車比較好？」同時看向了光子小姐的臉龐。我非常清楚，從那座橋前往阪急電車的路線也相當荒涼，一邊是長了許多大松樹的堤防，三個女人家根本不可能走那條路。可見綿貫是想儘可能和光子小姐在一起久一點，希望下車之後還能送她走那條路過去。話說回來他說自己「住在船場德光先生家附近」卻如此熟悉這座橋的名字和那一帶的道路，是因為兩人在這一帶不知都散步多少次了。我雖然說著：「要是被別人看見有男人在一起就糟糕了，只有我們三個人還能隨便找藉口，你就給我回去吧。都說交給我了，要是你不回去那麼就我走吧。」沒有想到阿梅居然說：「那樣比較好啦。」「我們就那麼做嘛。」無論如何都想配合綿貫的樣子。「這樣的話真是不好意思，請送我們到阪急那裡吧。」現在想想根本正中男人下懷。仔細想想，阿梅她果然也和光子小姐及綿貫是一丘之貉，之後我們在橋邊下了汽車，走在堤防下那陰暗的道路上，她還說什麼：「太太呀，這樣三更半夜的，要是沒有男人在的話，可真是怕到不能走呢。」明明不需要卻抓著我，說什麼先前在這條路上這裡又那裡，小姐曾經遇到什麼樣的事情等，喋喋不休地，儘可能讓我和後頭兩人拉開些距離。他們兩人在我們後頭約一公里處不知道在商量些什麼，只能隱約聽見光子小姐「嗯」、「喔」之類的回應聲音。

等走到車站前，男人便離開了，我們三人又陷入沉默，從那裡再搭人力車到光子小姐家。「哎呀呀真是的，怎麼會這麼晚呢。」光子小姐的母親來迎接我們：「總是給您家添麻煩了哪。」似乎覺得非常對不起我，拼命行禮，但我和光子小姐的表情都相當怪異，擔心要是多說幾句話肯定要露了馬腳，雖然對方說要幫我叫車，我還是表示：「不，人力車還等在外頭呢。」就飛也似地逃走了。等搭著阪急電車回到夙川一帶，我才從那裡搭計程車回到香櫨園，那時正好十二點了。「您回來啦。」女僕來門口迎接，我便問她：「老爺呢？睡了嗎？」女僕回答：「原先一直醒著，剛剛才睡呢。」我心想太好了，他什麼都還不知道就睡了。我儘可能輕聲打開房門、躡手躡腳走進臥房，看見床鋪旁那桌上擺著一瓶白酒，而丈夫棉被蓋在頭上呼呼大睡。他的酒量很差，根本不是那種習慣睡前來一杯的人，肯定是擔心到睡不著覺所以才喝的。我怕會打斷他的好眠，小心翼翼地躺了下來，但實在輾轉難眠。愈想愈覺得實在懊惱又生氣，情緒不斷湧上心頭，擾亂我的內心。可惡，到底我應該怎麼復仇呢！無論如何我都要報這個仇！想著就一時氣憤，伸手便拿起桌上那剩下的半杯酒咕嘟一聲一飲而盡。畢竟那晚已經鬧了許久，我實在很累，更何況我根本也沒有喝過酒，馬上就醉了——但並不是心情很好感覺放鬆的微醺，而是覺得腦袋腫脹像是要爆炸那樣，胸口也相當悶，總覺得似乎全身的血液都要衝到頭髮上了，痛苦地喘著氣，話雖不說出口，內心卻拼命想著：「居然所有人都把我當傻瓜，你們就看看我會怎麼辦！」我自己也明白強烈的心跳發出了像是酒桶咕嘟流出酒那種噗通噗通的聲音，但我回過神來才發現，丈夫的胸口也有那個噗通噗通的聲音，也一樣口吐熱烈的氣息。我們兩人的呼吸和心跳隨著時間過去也愈來愈強烈，正當我想著該不會兩個人的心臟都要爆炸了吧，丈夫卻猛然抱住了我。下一秒，丈夫吐著熱騰騰的氣息靠了過來，那火燙的唇瓣靠在我耳垂上說著：「妳終於回來啦。」——聽到這話的下一秒，不知為何我的眼淚便滴了下來。「我好恨哪——」一邊發抖同時哭泣著，抓緊了丈夫用力搖他，一直喊著：「我好恨、好恨、好恨哪！」「怎麼啦？什麼事情那樣懊惱？」丈夫儘可能溫柔地問著：「嗯？懊惱什麼事情妳說出來啊，妳光哭我怎麼會知道呢？怎麼啦？」還用手掌擦去我的眼淚、拼命安慰我、哄我，但我更加悲從中來，心想唉呀還是丈夫對我好，我這是遭到天罰了，應該要狠下心斷絕跟那種人的關係，一輩子依賴這個人的愛。——我的心中滿是悔恨，說了起來：「我把今天晚上的事情都告訴你，你一定要原諒我喔。」於是便將至今為止的事情都告訴了丈夫。

〈其之十二〉

我想要改頭換面，因此第二天早上比丈夫還早了兩小時起床，在廚房準備早餐、整理丈夫的西裝等等，這些平常都交給女僕去做的事情，我先快手快腳地都做好了。丈夫要出門的時候，在鏡子前打著領帶問我：「妳今天不去學校嗎？」我說：「我不想再去學校了。」然後在他身後幫忙套上西裝外套，一邊收拾他換下來的和服摺好。「為什麼呢？應該不需要停課吧？」「去那種學校也沒什麼意思……而且我不想碰到不想見的人……」「喔，這樣啊。那這樣不去也沒關係的。」丈夫的眼中似乎帶了點感謝，然後又用有些不滿意、略帶同情的樣子說道：「話雖如此，也不一定要去那種學校啦，如果想學畫畫的話，要不要去研究所呢？我很希望妳能每天早上陪我出門呢。」但我還是說：「我不想再出門了，總覺得出去了也沒好事。」我打算從那天起就當個專業的家庭主婦，整天都在家拼命工作。至於丈夫心中所想呢，大概是任性的我竟然變了個人似的，不知道有多麼高興吧。話雖如此，我心中也想著如果能兩人親親密密地前往大阪，應該可以恢復先前的生活。而且我比從前更想緊跟在丈夫身旁，因為覺得要是稍微分開就會起了邪念妄想，心想自己看著丈夫的臉龐應該就能忘記那個人吧，所以真想跟著他去。不過等等，萬一在路上遇到那個人可怎麼好？……我總覺得這種事情以前就發生過，要是真遇上了我該如何是好？我臉色發白、身軀顫抖，一步也踏不出去，搞不好會直接昏倒在門口。無論如何我都畏懼出門，別說是大阪了，好不容易才走到往電車站那條路上，才看到人影就覺得被偷襲似地，慌慌張張地奔逃回家，拼命壓抑著狂跳的心臟，心想不行、這可不行，我是連一丁點兒都不能走出門了，彷彿自己死去了一小段時間，還是趕快脫離那種情緒吧，澆澆花草、東擦擦西擦擦，什麼事情都好總之埋頭工作吧，我就這樣拼命說服自己。想著燒了衣櫥那抽屜裡的信件吧，更重要的應該是觀音像那張圖應該先處理掉？我每天都煩惱著這些事情，想著今天一定要燒掉、今天一定要燒掉，人都走到衣櫥旁邊了，一想到自己拿起來肯定會看看裡頭，又怕到根本不敢打開衣櫥。一整天這樣度日，到了傍晚丈夫回來的時候，我才覺得「真是太好了」而鬆了一口大氣。「我這陣子從早到晚都只想著你，完全沒辦法思考其他事情，你也一定要這樣想著我唷。」我說著便緊緊環住他的頸子，「請你一定要一直、一直疼愛我，要不斷疼愛我讓我的心沒有絲毫空隙，不然我會不開心喔。」如今丈夫的愛情就是我唯一的依靠。「請再多疼愛我一些、繼續疼愛我……」我總是如此說著。有天晚上不知怎麼，我甚至脫口說：「你愛得不夠！」像是有些精神異常般地興奮。丈夫只能安慰般地說著：「妳還真是從極端走到另一個極端哪。」或許是我太過熱情，他反而有些不知所措。

若是當時那個人驟然來訪的話，我便陷入非得說些什麼的境地，這是我最為擔心的事情，但是看來上天待我不薄，對方並未前來、也沒有來說些什麼。我在心中向神明還是佛祖祈禱，結果也是這樣的命運，只能心存感謝。若是沒有那天晚上那種事情，實在很難和對方一刀兩斷，因此我想這也是上天的安排，已經懊悔、悲傷過了就都算了，我就當成是一場夢吧，好不容易才心神安穩了些，已經過了約半個月，大概是六月下旬左右。——去年夏天的梅雨季沒下什麼雨，每天豔陽高照，我家前面的海岸三不五時就有泳客。丈夫平常都頗為閒暇，但那時很難得竟然有人委託工作，因此說過一陣子有空的時候，再看看要不要去哪裡避暑吧。有天我在廚房準備做櫻桃果凍的時候，家裡人說：「大阪的ＳＫ醫院打電話來找太太。」我心中略有不安，想著不知是什麼怪事，所以問道：「是誰住院嗎？妳再去問問。」結果家裡人說：「不是的，醫院那邊說想直接與太太說話，聽起來是名男性的聲音。」我說著：「喔？真奇怪呢。」而前去接起電話，不知為何心神不寧，拿起電話的手也微微顫抖。那一頭再三確認：「是夫人嗎？」然後又壓低了聲音說著：「實在是非常抱歉，您是否曾經將一本英文的避孕法書籍借給中川先生的夫人呢？」這實在是相當奇怪的問題。「喔，那本書我的確有借給某個人，但我並不認識什麼中川太太呢。可能是我借給人之後，那個人又借出去了吧。」聽我說完，對方表示同意：「這樣啊、這樣。」然後又詢問：「那麼夫人您是借給德光光子小姐對嗎？」其實我一開始就預料到了，但是聽聞這個名字的瞬間，我還是彷彿五雷轟頂。唉，提起那本書啊，是我大概一個月前借給光子小姐的，那是在聊天的時候提到光子小姐有個朋友中川太太，似乎非常不想生小孩，於是光子問我：「姊姊應該有什麼好方法吧？」我便說：「如果真是這樣，我是有本還不錯的書。那是美國出版的書籍，內容的確寫了好幾種方法呢。」我早已忘了自己把書借給她的事情。但是醫院說他們因為那本書引發重大問題，造成很大的困擾。對方表示無法在電話中說明得更清楚，但這件事情被夾在中間的德光小姐也相當擔心，因此想著還是得和夫人見個面私下商量一下，據說先前也寄了幾次信但您都沒有回，因此陷入困境。所以這個情況下，還是請您務必和德光小姐見個面。似乎是不方便直接詢問醫院人員的事情。對醫院來說他們假裝不知情，而我和德光小姐見面是最好的。若是我不願意見面，那麼醫院方面針對這件事情，若是給夫人添了麻煩，恐怕也無法負責。我半信半疑，心想這件事情很有可能是光子小姐或綿貫的計謀，又要來欺騙我，但那時候世間墮胎問題頻傳，報紙上一直有什麼某某博士被抓、某某醫院極為困擾等新聞。更何況我先前也提到的那本書，裡面有許多使用藥劑的方法、使用器具的方法等，就連違反法律的方法都寫了，若是那什麼中川太太真的一個失手造成大問題，變成外行人無法解決的情況而被抬到醫院的話，似乎也不是不可能。而且我早就交待女僕，光子小姐寄來的信不用拿給我看，全部直接燒掉，所以到了今天才知道有那樣的事情。醫院的人似乎也相當著急，說我一定得今天見見她才行。我打了電話和丈夫商量，丈夫也說：「這樣的話還是得見個面。」最後我只好答應了，醫院也說會告知光子請她馬上來見我。

〈其之十三〉

但那電話明明是兩點左右打來的，光子小姐卻在不到三十分鐘後就到了。我心想無論醫院再怎麼緊急聯絡，她出門來此也要一兩個小時吧，無論如何至少也會是傍晚或晚上才來，絲毫沒料到竟然這麼早到，門鈴嗶嗶直響、草鞋踩在大門水泥磚上的聲音……都和風兒咻地從玄關一路敞開到後頭房間的廊上傳入我耳中，就連那令人懷念的香氣都從走廊上飄了過來。偏偏丈夫還沒有回來，我站起身四下張望，心想哪裡有可以逃走的路呢？出去接待客人的女僕忽然奔了進來，臉色大變地喊著：「太太！太太！」我嘴上說著：「知道了、知道了，是光子小姐吧。」正打算走向玄關，卻又說出：「唉呀，等等、等等……」因為不知道該叫誰，只好隨口說著：「我說誰啊……請客人稍等一下，帶她到樓下的榻榻米房！」然後自己跑到二樓的臥室，躺在床上等心跳稍微緩一緩，好不容易起身之後，為了掩飾自己的倉皇，稍微抹了重一些的腮紅、又喝了杯白酒，才下定決心下樓去。

門簾後隱隱約約能夠瞧見她那花俏的服裝、還有她用手帕按汗坐在那兒的樣子，光是這樣我就覺得心頭砰砰跳，光子小姐也隔著門簾看見了我，等著我進去，笑咪咪地說：「午安呀。」接著她又有些小心翼翼地說著：「好久沒聯絡姊姊了，實在非常不好意思，只是之後又發生了一些事情……而且我想著姊姊不知怎麼想那天晚上的事情呢，肯定是很生氣吧，就覺得難以登門……」雖然一邊窺視著我的表情，但她說起話來還是那樣親密的感覺，「姊姊呀，妳還在生氣嗎？」然後望向我的眼睛想看清我的想法。我硬是逼自己喊她「德光小姐」然後告訴她：「我今天不是為了談那件事情才見您的。」「這樣啊，姊姊若是不能接受那時候的事情，我也很難開口啊。」「不、不是的，我是因為ＳＫ醫院拜託我關照中川太太的事情，因此才獲得丈夫允許只談那件事情。所以請您不要提到其他事情。還有，上次那件事情都是我自己太過愚蠢，我並沒有感到怨恨或者生誰的氣，也請您今後不要再叫我『姊姊』。否則我沒辦法繼續待在這裡……」聽我這麼一說，她終於像是消了氣的皮球般縮起，低著頭扭起了手帕、還捲在手指上，忽然兩眼含淚、欲言又止的。「我說妳呀，不是為了談那種事情才過來的吧？好啦，快進入正題吧。」「可是姊姊妳都那樣說了……」光子還是用了「姊姊」這樣的稱呼：「……想說的事情就全梗在喉頭，說不出來了呀。其實剛才說的，就是電話裡那件事情啊……那其實並不是中川太太的問題。」「喔？不然是誰呢？」——那時光子小姐的眉間皺了起來，我還心想她的笑容真是奇怪呢，就聽見她說：「是我呀。」「這麼說來，去住院的就是妳囉？」——唉呀，這個人實在……也太厚臉皮了吧！自己懷了綿貫的種又不知道怎麼處理，結果還要來利用我！已經讓人吃足了苦頭，這樣還不夠嗎——我盡力壓下全身的顫抖，裝成毫不在乎的樣子聽她說。「嗯，是呀。」光子點點頭之後繼續說著：「雖然是想要住院，但又不能去住院。」真是沒頭沒尾，之後她又斷斷續續地說明，這才終於聽懂那時候我借給她的英文書籍上的幾種方法她都試了，但似乎都不太順利，拖拖拉拉的就快要被人看出來了，就在擔心的時候，幸好聽說綿貫認識一位道修町那邊的藥房掌櫃，因此依照那本書上的處方，請對方提供了藥物就吃掉。由於並沒有向對方說明情況，只拿了需要的藥品，根本沒有好好調配比例等，或許是哪裡弄錯了之類的，昨晚忽然腹痛不已，醫生還沒來的時候就開始大量出血。告訴醫生情況如此這般以後，她和阿梅一起拜託醫生千萬不要讓家中其他人知道，而常來家中的醫生面有難色地表示：「這可麻煩了。對我來說也是很困擾，我想應該要動手術拿出來才行，妳還是去哪間專業的醫院、或者妳比較放心的地方商量一下吧。我只能為妳做應急處理。」他就這麼逃跑了。心想著若是ＳＫ醫院的話至少認識院長，應該會幫忙想想辦法吧，因此今天早上便過去那邊請對方看診，但是對方也表示沒辦法幫這個忙。再怎麼說，那裡的院長在建設醫院的時候，也請德光小姐的父親出了錢，不過光子小姐和阿梅合掌拜託他的時候，對方仍然說：「真是糟糕、真是糟糕。先前若是這種事情，隨便哪個醫生都會願意幫忙的，但您也知道，最近社會上有不少這類麻煩事情，要是出了問題可就不是我自己的事，或許會連府上都蒙受汙名啊，這樣一來我可就對不起您父親了。說起來為什麼會等到現在才處理？要是再早一點來——至少一個月前來的話還能想想辦法。」在談這件事情的時候，她還有腹痛以及出血的現象，要是發生了什麼事，醫院畢竟也脫不了關係，更何況也沒辦法冷眼看著她那樣痛苦，只好說：「請告訴我您究竟是問了誰、吃了什麼藥。我知道之後會儘可能保密，萬一發生事情的話就請那個當證人，這樣我就可以幫您動手術。」因此就告知醫院她向我借書的事情，由於聽說我都是用那些方法成功的，光子小姐覺得她自己也沒有問題，才會加以實行。院長也思考了一會兒，想來這種事情就算醫生不會去做，但是有經驗的業餘之人反而會輕易動手，西方的女人就會自己做這些事情。不借助他人之手來完成這類事情，在那邊似乎是常識。既然我熟練的話，那麼乾脆請我處理也行；但若情況太過麻煩、而我願意負責，那麼就由他動手術。若是不願意的話，那也只能當成借本書出去就引發災難。我和醫生不同，她不用擔心我知道太多，就算知道了也沒有什麼問題吧——光子表示對方是這樣說的。「姊姊呀，我實在不想叫姊姊做那種事情，但現在我真是忍受不住一直發疼，又擔心會變成可怕的疾病，所以還是請姊姊表示願意負責的話，讓醫生幫我開刀……」我問道：「說要負責，是要怎麼做呢？」結果是要去醫院，在院長面前請另一名第三者來做見證，又或者是乾脆為了日後方便直接寫個保證。但這種事情可不能隨意答應，而且光子說的也不知道有多少分真話，若說她是昨天晚上出血的病人，如今也不見有多憔悴、還出門亂跑，而且她說剛才的電話是在醫院請院裡的人打的，但對方又確實說出中川太太，總覺得是不是還有什麼內情呢？正這麼想的同時，她揉起腹部喊著：「哎呀好痛！……又痛起來了。」

〈其之十四〉

「怎麼啦？」說著便見她臉色愈來愈蒼白喊道：「姊姊、姊姊，快帶我去廁所。」實在不知是怎麼回事，我也慌了起來，抱起蜷曲在榻榻米上的她，又讓氣喘吁吁的她靠在我肩頭上走路。我站在廁所外面，問她：「怎麼啦？怎麼啦？」只聽見呻吟聲愈來愈大：「唔唔，好痛苦啊，姊姊！姊姊！」我連忙跑了進去喊她：「妳振作點！振作點！」試著輕撫她的肩膀安撫她：「是不是東西下來了？」她默默搖了搖頭，又開口：「我要死了、要死了……救救我啊。」彷彿真的就要斷氣似地喊著：「姊姊……」最後終於大喊一聲，然後用兩手緊抓著我的手腕。「不會因為這種事情就死掉的，小光、小光。」雖然我拼命喊著，她抬起似乎已經看不清東西的模糊眼睛說著：「姊姊，妳原諒我吧。我能像這樣死在姊姊身邊也得償所願了……」說起這種話倒有些像是在演戲了，但是她握著我的手愈來愈冰冷，我只好說：「要不要叫醫生來呢？」但她還是說：「這樣會給姊姊添麻煩，不能叫醫生，要死的話就讓我這樣死去吧。」……總之又不能這樣放著不管，只好請女僕幫我把她抬到二樓的臥室去。畢竟事出突然，根本沒空在榻榻米上鋪床，雖然也想著讓她進臥房實在是不太好，何況樓下又都是相當通風、大家都能看見的房間，無可奈何只好讓她躺在臥室床上，我隨即便想打電話給丈夫和阿梅，結果她緊抓著我的衣角說：「姊姊妳不要去其他地方。」怎樣都不肯放開。這個時候她看起來已經比較穩定了，樣子不像剛才那樣痛苦，我覺得這樣的話應該可以叫醫生來了吧，那時候我真的有種鬆口氣、得救了的感覺。

但她這樣，我又沒辦法離開她身邊，只好告訴女僕們：「廁所弄髒了，快去掃一掃。」也想著是不是該拿藥來，光子又彆扭著說：「我不要、我不要。姊姊妳幫我鬆開腰帶吧。」我只好幫她鬆開腰帶、脫下那沾血的足袋，又拿來酒精和脫脂棉花幫她擦拭手腳。結果她又發作了，喊著：「好痛苦、好痛苦、水、水……」然後用力抓起手邊的床單、枕頭等東西，身體也痛苦得彷彿蝦子般蜷曲起來。我拿了杯水來，因為她一直扭動、沒辦法好好拿杯子喝，只好拼命壓住她然後用嘴餵她喝水，她咕嘟咕嘟意猶未盡地喝下之後，又繼續喊：「好痛苦、好痛苦。姊姊，拜託妳了，請坐到我背上用力壓下吧！」還不斷說著要我揉哪裡、按哪裡等等，我都照她所說的做了，但情況才轉好一些，她馬上又大喊著：「好痛、好痛！」始終無法平復。等到好不容易稍微好轉，她便自言自語般地嘩啦啦流著淚說：「哎呀、哎呀，會這麼痛苦一定都是姊姊的懲罰……要是我就這樣死了，說不定姊姊就會原諒我了。」之後似乎又痛了起來，她掙扎得比剛才更加痛苦，還說什麼好像有血塊之類的掉出來了，但不管她喊幾次：「出來了、出來了！」我都仔仔細細看過，就是沒有那種東西。「是妳多心了，根本沒有東西出來啊。」「不出來我就要死掉啦，姊姊是不是覺得我死了比較好呢。」「為什麼要說這種話？」「明明我不需要受這樣地獄般的痛苦，能早點讓我痛快——姊姊妳比醫生還要明白不是嗎……」她會這樣說，是因為我曾經說過：「只要用點小器具，是很容易的。」其實我從剛才她喊著：「出來了、出來了！」的時候，就知道今天一切都是在演戲罷了。……真要說起來，我在更早的時候就隱約察覺到了，卻又裝作被她騙，但光子應該也已經看穿我是裝成被騙的樣子，卻又一直這樣演下去。因此接下來我們就是互相欺瞞……哎呀情況如此，我想老師您也是明白的，結果我還是自己又踏入了光子所設的陷阱。……唉，結果我也沒問那紅色的東西是用了什麼，現在有時候還是覺得挺奇妙的，我想她肯定是藏有演戲時會用的假血漿之類的東西吧。……「姊姊，這樣的話，先前的事情妳是否不再生氣了呢？妳一定願意原諒我吧？」「下次再欺騙我的話，我會殺了妳。」「我若是再做那樣無情的事情，妳就別讓我活著。」——大概一小時以後，我們又像從前那樣親親密密，這樣一來我又忽然害怕起丈夫回家。雖然先前演變成那種狀況，但只要一回頭，又變得更加思慕對方，是一點時間都不想再分開，然而如今、往後要怎樣才能每天都見面呢？「唉呀、唉呀，該怎麼辦呢？小光妳明天也會過來嗎？」「我可以過來妳家嗎？」「我也不知道好或不好了！」「這樣的話我們要不要一起去大阪？明天姊姊方便的時候我撥電話過來。」「我會打電話過去。」就這麼聊著，時間也來到傍晚。「今天得要回去了，妳老公也快回來了……」她說著便打算穿起衣服。「再等等、再等等。」我挽留她好幾次，反而是她說：「唉呀，怎麼像個鬧脾氣的小孩呢？不確定的事情別輕易開口。明天我一定會聯絡妳的，妳乖乖等著呀。」如今她倒反過來安慰我，五點左右便回去了。

丈夫那時候大概都是六點左右回來，我那天明明非常擔心他提早回來，但看來是先前那個案件還拖著，大概又過了一小時他也還沒回來。我在這段期間內收拾了房間、將床鋪重新整理好，撿起光子掉在地板上的足袋——我讓光子回去時穿了我的足袋走。我凝視著那髒污痕跡，愣愣地總覺得一切像是場夢。該怎麼跟丈夫解釋呢？是不是該告訴他我用了這房間？還是別告訴他呢？我不知道該怎麼說，才能讓我們之後比較方便見面……就在我思考這些事情的同時，樓下忽然傳來：「我回來了！」的聲音，我將足袋收進衣櫥的抽屜裡，結果才看見丈夫，他馬上問我：「剛才那通電話的事情，講得如何了？」「我真的是遇上麻煩了呢！你怎麼不早點回來？」「我也想啊，但偏偏事情做不完……到底是怎麼回事？」「說是無論如何都要我直接去醫院，我也不知道這樣行不行，只好告訴對方說等到明天再說……」「那麼光子小姐也會去嗎？」「說是明天務必一起前往，之後就回去了。」「妳借人家那種書是不是不太好啊？」「我跟她說過別讓其他人看，才借給她的。真是害慘我啦。唉呀無論如何明天還是去探望人家一下，中川太太也不是我完全不認識的人……」我就這樣三言兩語，總之是隨口就說出了明天見面的藉口。

〈其之十五〉

那天晚上我簡直是在等待天亮，八點丈夫一出門，我就狂奔到電話旁。「姊姊，還真早呢！妳起床了？」雖然是隔著電話傳來的聲音，也是我昨天聽過的聲音，但彷彿就像是她在我眼前說話一般讓我相當興奮：「小光妳還在睡？」「我現在被電話叫起來啦。」「我隨時都可以出門囉，妳也能馬上準備出門嗎？」「這樣準備起來太慌張啦，妳可以在九點半的時候到梅田的阪急車站嗎？」「九點半，說好了喔？」「當然。」「小光今天整天都有空吧？晚點回去也沒關係吧？」「沒關係的。」「我出門也是這個打算唷。」我在約定好的時間前往，但對方始終沒現身，我心想是否只是一如往常費功夫打扮、又或者是我又被騙了呢？想打電話過去，又心想若是她已經出門了也接不到，因而作罷，只能一個人在那兒惶惶不安。等到都十點了，才看見她氣喘吁吁從剪票口跑過來：「姊姊妳等很久了嗎？」「要去哪裡？」「小光知不知道什麼好地方？我想去安安靜靜、沒有其他人會去的地方悠閒過一整天。」她說：「那麼要不要去奈良呢？」這麼說來我們剛開始親密起來的時候，也是去奈良呢。那片充滿回憶的若草山傍晚風景……我怎麼會忘記那片值得紀念的土地呢？「妳真是想到了個好地方，我們再去爬若草山吧。」那時候我真的很開心……我一激動起來就會熱淚盈眶，連忙說著：「我們快去、快走吧。」一直到大阪計程車的服務人員牽著我上車為止，我簡直整個人都輕飄飄的。「我昨晚開始就在想要去哪裡好，覺得還是奈良最棒了。」「我昨天幾乎沒能睡著，但都在想些什麼呢？」「後來妳老公馬上就回家了嗎？」「大概晚了一小時左右。」「是怎麼啦？」「別聊那種話題了，我今天一整天都想忘記家裡的事情。」——到了奈良以後，我們馬上從大阪電車的終點換車，前往若草山的山腳，這天和先前不同，是個微陰的熱天，我們還是汗流浹背爬到山頂處，然後在山上的茶店休息時，想起先前滾橘子的事情，正好一旁也在賣夏季蜜柑，我們便買了來，兩個人一起滾著橘子，下頭的鹿兒嚇了好大一跳便逃走了。「小光，妳會不會餓呀？」「是餓了，不過我還想在這兒待一會兒。」「我想一直待在山上呢，還是吃些點心忍耐點吧。」所以我們吃了幾顆水煮蛋充當午餐，越過大佛殿的屋簷遙望著生駒山那邊。她說：「我們先前採了好多蕨類和杉菜呢，姊姊。」「就算現在去後頭山上，恐怕是什麼也沒長吧。」「是啊，現在去恐怕空空如也。」「但還是想去先前去過的地方看看呢。」兩人如此說著，因此又往後山的山谷方向走去，就算是春天，也不太會有人走到那裡去，到了夏天更加寂寥，只有滿山滿谷繁茂的草木，總覺得這種地方要是獨自一人很難前來，但兩人都覺得沒見到其他人真是太好了，我們就在茂盛的草叢陰影下，找到了真的是除了天空雲朵以外無人能見著的隱密之處。「小光……」「姊姊……」「真希望我們一輩子都這麼要好。」「我真想和姊姊死在這裡。」──我們就這樣說著情話，然後便沒再發出聲音，不知我們就這樣待了多久，遺忘了時間、世間、忘懷一切，我的世界裡就只有永遠令我揪心的光子小姐這個人……。之後天空轉陰，冰冷的東西滴在臉頰上。「下雨了呢。」「真是可恨的雨。」「淋濕就不好了，還是在雨下大之前下山吧。」兩人說著便慌忙下山去，結果只滴滴答答下了一會兒，雨就停了。「早知道就多待在那裡一會兒。」「真是壞心眼的一場雨。」我們雖然這麼說著，但剛往山下走，兩個人都餓了起來。我說：「差不多也到下午茶時間了，我們去飯店吃個三明治吧。」光子說著：「我知道個好地方。」我們就去了大阪電車旁邊的一間新溫泉──我是第一次去，那裡和寶塚一樣有類似家庭溫泉的地方，看光子大大方方地往裡頭走，不管是服務生的名字、還是裡面的設施之類的，她似乎都非常清楚。結果我們遊玩了一整天，回到大阪的時候已經八點左右，但我們還是不想分開，兩人不管走到哪裡都還是黏在一起，明明都搭阪急電車送她到蘆屋川了，卻又說著：「哎呀，還想再去趟奈良呢。小光，妳明天能出門嗎？」「明天要不要到比較近的地方？也很久沒去寶塚了，如何呢？」「好啊說定了。」之後才分手，回到家的時候都已經快十點了。「也太晚了吧，我才剛打了電話給醫院呢。」聽丈夫這麼說，我雖然嚇了一跳卻也馬上想到了應對方案：「撥了電話過去，應該也搞不清楚狀況吧。」「嗯，說並沒有姓中川的人住院，我想說應該是有什麼理由所以隱瞞姓名之類的……」「哎呀，我去了以後才知道，根本不是什麼中川太太，是光子小姐自己的事情呀。這麼說起來昨天她來的時候我就覺得她的樣子怪怪的，大概覺得說是她自己的事情，我肯定就不會見她了，所以才借用中川太太的名字。」「所以那女孩進了醫院？」「沒有住院呢。我根本不曉得是她的事情，還邀她說我們一起去探病吧，結果她說什麼『哎呀妳先進來坐坐吧』我也只好進屋子了，但她一直沒有打算出門的樣子，直到我說『我們出發吧』，她才說出『其實我有事情想拜託妳……本來昨天就想說這件事情，才去找妳的』，然後她又說『我覺得自己最近身體的情況不太對，但我也不知道是不是懷孕了，這種情況下妳是不是能幫幫我呢？我雖然想試著讀那本書，但畢竟我不懂英文，很怕做錯了些什麼』。」「啊？真是個讓人傻眼的孩子，這種事情幹嘛要說昨天那種謊，太沒禮貌了吧。」「我也擔了不少心，覺得她把我當笨蛋，但她又說『我實在想對外隱瞞，結果就說了那種謊，還請不要怪罪我』之類的，連阿梅都出來跟我道歉……」「就算是想隱瞞外界也不用說那種謊吧，這種做法實在太過糟糕。」「是啊、是啊，我也是這麼想的。昨天撥電話來的是名男性，我想大概是那個叫綿貫的人吧，肯定是那個人在背後指使的。畢竟只有光子小姐的話，根本不可能說那麼複雜的謊言。我也覺得好生氣好生氣，表示『我才不想聽妳拜託的事情，那麼我要走了』，結果她們兩人一起拉著我說『請別這樣說，拜託幫幫忙嘛』，光子小姐哭著說『這種事情要是被爸媽知道了，就算我想和綿貫在一起，肯定也是不能獲得允許了。這樣一來我就活不下去了啊！』就連阿梅也合掌拜託我『拜託拜託就請您當成是救小姐一命，我好擔心小姐呀』，我實在不知道該如何是好，真是個大麻煩。」「結果怎樣？」「畢竟我也沒辦法教什麼正確的東西，所以就說『我又不懂那些方法，光是把那本書借給妳，我就覺得不太好了，我怎能做出那麼可怕的事情！妳應該去拜託自己認識的醫生吧』，結果光子小姐忽然開始感到疼痛，真是亂七八糟……」我就這樣邊講邊想，捏造出一堆故事、混雜了一些昨天發生的事情——光子小姐似乎在昨晚用了那本書上的處方吃下那些藥，剛好時間也差不多了，所以她的肚子愈來愈痛——我詳細將昨天眼前的事情述說了一遍，如此一來變成我也有責任，要走也走不了，所以才會在她身邊待到這時間云云，就這樣說了一個漂亮的謊言。

〈其之十六〉

「我今天還是去看看她，總覺得不管她也不太好，簡直像在同一條船上……」我總是這麼說著，接下來的五六天幾乎每天都會和她在某個地方會面，心想「要是能在沒人能找到的地方，每天見個兩三小時就好了」，結果她說：「這樣的話還是在大阪市內比較好……比起安靜的地方，在城裡熱鬧之處反而比較不會有人注目。」然後又說：「……先前姊姊帶和服過去的那裡如何？在那裡的氣氛我也熟悉、很能安心……要不要去那裡呢？」提起那笠屋町的旅館，對我來說有著無法抹滅的悔恨交加記憶，她這樣說似乎是將我的情緒之類的東西全給踩在了腳下，即使如此我還是說：「喔？也是，雖然我不是很習慣那種地方，但也行啦。」甚至無法對她生氣，就這樣乖乖地被她拉去，我根本就已經被看透了。但不習慣也只有第一次去的時候，熟悉以後就發現那裡的女服務生都相當老練，若是我比較晚回家的時候還會幫我打電話回家說明藉口……之後我們就會分別出門，到了那裡再打電話找對方，如果有急事的話也可能是阿梅打來……哎呀，這也就罷了，光子小姐家那邊除了阿梅以外，光子小姐的母親、其他女僕們，似乎大家都知道這個地方的電話號碼，有時候還會打來找我或光子小姐，我心想反正旅館總是會幫我們找好藉口，不過有一天我先過去等著她的時候，聽見接電話的服務生說著：「喔，是的。……喔？不，那個，從剛才就在等了，但還沒有來……是、是，沒有錯。……不，不客氣。……我才總是在夫人來時受到照顧……」總覺得這內容聽起來很奇怪，因此我問道：「剛才的電話，是德光小姐家打來的嗎？」對方嘻嘻笑著說：「是呀。」「妳剛才說『總是在夫人來時受到照顧』對吧？妳究竟是指誰呢？」她聽了又嘻嘻笑著說：「夫人您不知道嗎？就是您和我這位女僕呀。」後來我一問才知道，原來這間旅館似乎是假裝成我家在大阪的事務所。「服務生是這麼說的，是真的嗎？」我如此詢問著光子。「嗯，是呀。」她平心靜氣回答著：「姊姊家的事務所有兩間，分別在今橋和南，所以我跟家裡說了這邊的電話號碼。姊姊妳也這樣告訴家裡的人就好了啊？可以說是我家船場店家另外開的分店，如果不方便說出我家的話，那就隨便說一個名字吧。」

這樣一路下來，我逐漸愈陷愈深，雖然想著「這樣不行」，卻又不知道該如何是好。我知道自己被光子小姐利用，也知道她雖然喊我「姊姊、姊姊」卻還是把我當傻瓜，這些事情我都感覺到了。——唉，光子不知何時曾經說過：「比起被異性者崇拜，在被同性之人崇拜的時候，自己會更為驕傲。這是因為男人看見女人覺得美麗，乃是理所當然。但一想到女人也能迷惑女人，就覺得原來自己真是那麼漂亮哪，實在高興到不行。」所以我想她的確懷抱著虛榮心，或許也對於她能將我對丈夫的愛給搶了過來相當有興趣，但這樣一來，我就不明白為何光子小姐自己的心會被綿貫給奪走了。但我那時心中已經是無論如何都無法再次分手，因此雖然明白卻假裝不知情，內心妒火中燒到就連「綿貫」的「綿」字都不肯開口提，裝作若無其事。但這種情況一旦被看穿，就算我身為姊姊，也得像妹妹一樣討對方歡心，有天我們一如往常在那旅館見面的時候，她忽然說：「姊姊，妳要不要見一見綿貫呢？……那個人，我不知道姊姊是怎麼看他的，不過先前他說演變成那種狀況，他實在過意不去。他也不是真的壞人，我想見過面以後姊姊就會喜歡他的……」「真的嗎？這樣啊，那樣說也不奇怪，若是對方這樣表示的話，我也想見見他呢。畢竟是小光喜歡的人，我想我一定也會喜歡他的。」「嗯，我想一定是的。這樣的話妳要不要今天就見他呢？」「隨時都可以啊，那個人現在是在哪裡？」「剛才出發過來這裡了。」——我想他們多半早就商量好，所以便說：「那就叫他過來這裡吧。」結果綿貫馬上就走了進來。「欸姊姊呀……」先前見到我的時候還喊「夫人」，這下竟然也開口叫我「姊姊」，一見到我就相當惶恐地雙膝併攏——畢竟先前那時都三更半夜了，因為那種理由所以借了別人的衣服穿著，然而這天是大白天正中午的，他穿著藍色的西裝外套、白色棉質長褲，看起來簡直像是另一個人。年齡大約二十七、八歲，皮膚比先前感覺更加白皙，果然還是令人一見便覺得「是個美男子」呢，但說老實話相當欠缺表情，就只是空長得跟張畫一樣漂亮，卻一點也不具現代感。「他很像岡田時彥[1]對吧？」那時光子是這麼說的，但我覺得他比時彥更加女性化、眼睛細長但眼皮浮腫，雙眉之間還會神經質般地抽動，不知為何總覺得很陰險。「阿榮，不要那麼拘謹啦，姊姊根本不在意的——」光子這樣說著，拼命想化解我們之間的尷尬，但我畢竟還是沒辦法與自己討厭的人和解，而綿貫可能也感受到這一點，因此一臉冷淡連個微笑也沒有，始終正坐著。但光子小姐卻一個人覺得有趣，笑著說什麼：「你怎麼啦阿榮？真是個怪人。」略帶深意地瞅了瞅一臉嚴肅的綿貫說：「你一直那種表情，這樣對姊姊很不好意思啊。」還用指尖戳著他的臉頰說：「我說姊姊啊，其實這個人是在吃醋啦——」「不是、她騙人，沒有那回事，那是誤解。」「我

1　明治昭和年間的演員。

才沒有騙人，不然我說出剛才的事情吧？」「剛才怎麼啦？」「你不是說，真後悔自己身為男兒身，要是像姊姊一樣是個女人就好了。」「我是這麼說，但這不表示我吃醋啊。」他們就這樣聊了起來，搞不懂是他們是否為了在我面前客氣所以先商量過，想來我理會他們反而更像傻子因此沒答話，結果綿貫便說了：「哎呀、真是的，別讓我在姊姊面前這麼丟臉啦。」「那你心情好一點啊？」兩人莫名其妙吵起來的吃醋一事就這樣打下休止符，回去的路上三個人一起去了鶴屋食堂、還去松竹看了電影，即便如此，我們三人仍舊沒有打從心底和解。

〈其之十七〉

對了、對了，我剛才忘了說，後來家裡那邊我告訴他們那是光子小姐她父親一位小妾在笠屋町的電話號碼，這樣說起來真的很奇怪，不過光子小姐說的「要不要說是船場開的分店電話？」又更不妥，去那裡太過奇怪；想著乾脆說光子住院好了，但又不可能一直不出院，而且萬一丈夫從事務所下班回家的時候順便過去接我，那也馬上就會被揭穿。正想著該說哪裡才好而左思右想，阿梅反而提出：「那麼這樣如何？」說起來就是光子小姐懷孕了，這樣不太好，但是她自己吃藥又沒能成功，醫生也不願意幫她動手術，就這樣拖拖拉拉的肚子也大了起來，最好只能老實向母親承認，於是只好去父親的小妾家裡等著把孩子生下來，而那個所謂小妾的家是在笠屋町一間名為井筒的旅館，電話號碼是幾號等，把一些真正的資訊也都告知家裡，如此若翻電話簿會發現資訊是正確的，就算家裡人真的來接我，也會發現沒錯。光子大笑說著：「這樣的話，我如果去姊姊家玩，就得在肚子裡塞點棉花之類的，裝成大肚子過去呢！」不過想想這種說法似乎也比較不容易穿幫，於是便這麼做了。「這樣啊，光子大肚子了呀。」聽我說完以後，丈夫也真的接受了，一臉同情的樣子。

「你不是也說了，不能再幫她做壞事了。所以無論她怎麼拜託，我都沒有告訴她方法。但是她說什麼自己在孩子生下來之前都不能踏出大門一步、要一直待在房間了，簡直像是被關了起來，真是無聊得要命，我知道妳不能每天過來玩，但真的不行嗎？——我真是不知道她是否對我心懷怨恨，但丟下她不管又覺得寢食難安。」「話雖如此，但妳再跟她扯上關係，又會發生問題的。」「嗯，嗯，我也是這麼想的，不過這次她似乎因為吃了不少苦頭，個性變了許多。而且她說事情都已經演變至此，無論如何都得要和綿貫在一起了，精神倒是相當安穩，她家的人似乎也是如此打算，畢竟目前完全沒有人去找她，所以她說『拜託啦，我只有姊姊了』的時候，雖然覺得她自作自受卻還是看起來有些可憐。她還說『姊姊呀，要是我生了個漂亮孩子，姊姊也不會再誤會我了吧？我之後會和綿貫一起去姊姊丈夫那裡道歉，今後我們就像真正的兄弟姊妹一起往來吧？』這種話呢。」丈夫看起來還是無法打從心底相信我這些話，提醒我：「妳還是多小心的好。」但看起來也算是比較寬容了，之後笠屋町那裡也會光明正大打電話來詢問：「夫人在家嗎？」我也能夠毫不在乎地接起電話。還曾經有過玩到晚餐時間，丈夫打電話來說：「妳也該回家了吧。」——約莫如此，我不禁覺得阿梅真是想了個好辦法。

另外就是綿貫那邊仍是那種感覺，雖然光子小姐介紹我們認識了，但雙方還是互相刺探、無法放下心防，而且在那次見面以後，我們兩人都沒有提出要「見個面」，光子小姐似乎也放棄要讓我們兩人感情好些，但我們還是會三人一起去松竹。——在那之後半個月左右，我玩到傍晚五點半前後，她卻突然說：「姊姊妳是不是可以先走了？我還有點事情。」根本就是趕我走，我沒像平常那樣生起氣，而是說著「那我先走了」便離開，從旅館那巷子出來的時候，有個聲音小小地從背後喊著：「姊姊。」回頭一看竟是綿貫。他說：「姊姊，妳要回去了嗎？」我刻意語帶諷刺地說著：「喔，對啊。小光正等著你，快進去吧。」我打算攔計程車所以從那條路往宗右衛門町的方向走，結果他還是喊著：「等等……等等……」然後跟了過來說：「其實我有事情想要詢問姊姊，方便的話我們能在附近散步大約一個小時嗎？」「你要問我事情是沒關係，可是她在等你唷。」「這是小事，這樣的話我們先找個地方打電話。」所以我們兩人就進了附近的「梅園」吃著紅豆湯圓並向他們借了電話，然後從太左衛門橋路往北邊散步聊天。「我剛才撥了電話告訴她說我有急事，可能會晚一個小時左右，姊姊是不是也能答應我保密兩人見面的事情？不能的話我就沒辦法談了。」「如果人家說不能說，我是絕對不會說出去的。但每次我自己老實遵守約定，就經常反過來遭人陷害、吃了苦頭呢……」聽我這麼說，他便回答：「哎呀，姊姊妳是不是覺得小光做的那些事情，都是我的指揮、是我在操縱她的呢？唉，妳會這麼想也是沒辦法的，這我明白。」他低著頭，「其實我想談的也是這件事情，姊姊妳認為她愛我和姊姊誰比較深呢？雖然對姊姊來說是被我們當成傻子、遭到我們利用，但對我來說其實也是這樣的感覺。我真的非常嫉妒。而且小光說什麼用姊姊來唬弄家人比較方便，我只是把她當成道具罷了，但事到如今還需要道具嗎？這樣不是變得更加麻煩嗎？如果真的愛我的話，那儘快跟我結婚不就得了嗎？」——我一字不漏地聽著。他說話的樣子非常認真，而且講起來也頭頭是道。「不結婚的事情，不是因為小光家裡反對嗎？她總是跟我說自己想早點結婚呢。」「她口頭上都是這樣說的。家裡的人確實是反對，但那方面我想只要她真有那個意思，總是能有辦法說服家裡人的吧。而且現在她的身體又不是一般的情況，真不知道還能去哪裡呢？」哎呀，這麼說來的話，光子小姐是真的懷孕了嗎？我一邊想著可不能說出什麼奇怪的話並繼續聽下去。「聽說她父親憤怒地說『我家女兒不能嫁沒有百萬以上資產的企業家，不可能讓她嫁給一文不名的毛頭小子，小孩生下來以後會送到別的地方！』怎麼會有這種事情呢！首先孩子實在無辜，這根本是人道問題。姊姊妳認為呢？」聽他開口詢問，我才回道：「但說起來我還是第一次聽說小光懷孕了呢，為什麼你會這樣認為呢？」「咦？第一次聽說——」他一臉狐疑地瞪著我的臉，簡直要把我看出洞來。「是啊，我第一次聽說。小光沒跟我說有這種事情。」「這樣啊……但她不是曾經去姊姊那裡問避孕的方法嗎？」「的確有那件事情，但懷孕完全是無中生有的謊言，那應該只是為了接近我而捏造的藉口吧？雖然我也是跟家裡的人說光子小姐懷孕了，所以才會經常去探望她。」結果綿貫說著：「喔？這樣啊。」不知何時他滿眼血絲、看起來嘴唇發白。

〈其之十八〉

「姊姊呀，為何她要隱瞞自己懷孕的事情呢？這種事情根本也不用對姊姊說謊吧？姊姊妳真的一點都不知情嗎？」他這樣問著，似乎相當懷疑的樣子，不斷重複詢問我，但我真的沒有聽說過那種事情。據綿貫所說，那時候已經懷孕三個月左右，也請醫生看過了，這樣說來先前那次鬧出血的事情也可能是真的。可是才三個月的話，外行人也看不出個樣子，而且後來我也曾聽光子小姐本人對我說：「我沒辦法生孩子。」因此我想那次的事情肯定是演出來的沒錯，但若綿貫說的是真話，那麼或許是她對我還有所顧慮？「為什麼她會說自己不能生孩子？是因為執行了那本書上寫的東西嗎？或者是她指的是自己的體質？」綿貫拼了命似地詢問我，但我在光子小姐面前總是儘可能不要提到綿貫的事情，所以也沒有問得那麼詳細……話雖如此，先前討論的時候她也曾開玩笑說「到姊姊家去的時候得在肚子裡塞棉花才行」，所以我告訴他這麼想來實在不可能真的懷孕了。他便說著看來光子並沒有認真想要結婚的樣子，否則若是真的有了孩子，那麼無論如何都會被迫在一起，但不想結婚所以只好隱瞞，「我想應該就是這樣吧。」綿貫是認為，光子小姐這種人其實喜愛同性甚於異性，因此她愛我比綿貫多更多，為此也沒辦法跟他結婚。她可能認為若是有了孩子、結了婚，或許我就會逃走了，所以儘可能不想讓我知道，能晚一天是一天，拖到處理掉腹中的孩子、或者是綿貫討厭自己之類的。也許是我自己比較彆扭，但我實在不認為她比較愛我，綿貫卻說：「不，真的是這樣，就是這樣沒錯。哎呀、哎呀，相反的為何我會落入這樣不幸的命運呢？」他嘴上說著彷彿劇本中的台詞，一臉哭喪的表情。而且我剛見到他的時候，就覺得這男人怎麼這麼女性化，開始談話以後，更加覺得他的表情和說話方式就像是那種令人不耐的女人，黏乎乎又固執到令人生厭，斜著眼睛一臉疑心地窺探別人的表情，我心想著原來如此，這樣的話光子小姐的確不會喜歡這種人呢。另外他又提到，在笠屋町被偷走衣服的那次，其實自己是反對叫我過去的。既然都發生那種事情了，就乾脆點借女服務生的衣服穿回家就好了，然後告知：「因為如此這般其實我有個以身相許的男人。」既然事情都已經發生了，那麼就可以早點結婚，如果不能的話他也有要私奔的覺悟，無所畏懼。一方面是因為那時候姊姊毫不知情，要叫姊姊過來也未免太厚臉皮；更何況也不知道我願不願意過去，但光子小姐說：「沒有衣服的話我今天晚上不能回家。」無論如何都不肯聽綿貫的。就算跟她說：「既然如此我們因為這樣，就直接逃到別處吧。」光子小姐也還是說：「做出那種事情，之後也不會好過，我會巧妙地把姊姊叫來，你就等著看吧。只要我開口，那個人不會說『不要』的。大概會有點生氣，但我會含糊帶過去的。」然後就去打電話了。我問他說：「那時候似乎還有另一個人在電話那頭窸窸窣窣地商量著呢。」他也說：「因為我實在很擔心，所以就在她旁邊。」

這樣談著事情，不知不覺已經過了三休橋、來到本町路上，我和綿貫說著「還想再談談」，因此跨越了電車路線往北濱的方向走去。畢竟我先前一直是透過光子小姐去想像對方，只要發生什麼事情，就覺得肯定是男人不好，但從剛才談話的樣子看來他也不像是在說謊。而他女性化和疑心病重這些是與生俱來、還是因為光子小姐的態度才造成他這樣，我就不清楚了……畢竟我先前被騙得那樣慘，也是變得有些彆扭……這樣一想或許也算合情合理，哎呀雖然也是我自己的推測啦，但總讓人覺得他是真心尋求我的同情。不過光子小姐愛我更甚於他這點，我是怎樣都無法相信，因此安慰他：「這可就不對了，是綿貫先生你多心了啦。」但他仍然說：「不不，我也希望不是那樣的，但絕對就是這樣。或許是因為姊姊妳還不懂光子小姐真正的個性。」——他說光子小姐會在我面前表現出愛綿貫的樣子、在他面前又表現出愛我的樣子，她就是喜歡這樣。但若真要說起來，其實是比較愛我的，否則又怎麼會在都已經像是絕交的情況下，還硬是要用醫院的名義騙我見面。他說：「那個時候她究竟是下了什麼功夫才能去見姊姊、做了什麼事才讓妳回心轉意呢？我雖然聽說了但並不知道詳細內容。」所以我便將出血騷動那件事情都說給他聽，他一邊「喔、喔！」回應的同時大感驚訝，又說：「我作夢也想不到會鬧出那種事情。她肚子大了是事實，而且我認為若是有了孩子那順其自然就好，她卻擅自說要去找姊姊商量，之後我還對她發了脾氣。話雖如此，她瞞著我吃藥，因此痛苦出血這點肯定是騙人的。不過那像是血的東西究竟是什麼呢？」綿貫又說她這麼做也要與我合好，若非愛我是做不出來的。原來如此，這樣說倒也是通的，那麼她又為何要與綿貫見面呢？如果真的是喜歡我，那不要理綿貫就好啦？或許有人會說這樣很奇怪，但其實光子小姐這種人就是無論自己內心覺得「好喜歡這個人呀」也絕不會暴露自己的弱點，她希望對方能夠仰慕自己。她認為自己是絕世美人、是居高臨下的，若是沒有人崇拜就會非常寂寥。如果自己去接近對方，那就是降低自己的身價，因此她故意讓我感到嫉妒，為了要讓自己的立場優越，因此必須利用綿貫。他以那蛇般的眼睛直直盯著我的臉說：「還有一件事情，就是她若說要分手，我也很害怕不知道自己會做出什麼事情。或許事到如今我也沒有資格說這種話，但若演變成那樣，我會賭上名譽和生命傾盡一切去報仇。」

〈其之十九〉

「姊姊覺得如何呢？我們能再聊一會兒嗎？」「好的、好的，我也想這麼做。」「這樣的話我們就走回去吧。」因此我們從北濱那條路又回頭往南方剛才走來的路回去。綿貫說著：「結果我和姊姊成了敵人，肯定是我要輸了。」但我回他：「我可不這麼認為。小光和我無論有多麼熱烈相愛，終究違背自然，若要問我們誰會被拋棄，那肯定是我會被拋棄。小光家裡那邊也是，就算有人同情你，也不會有人同情我的。」他又說：「但是我認為姊姊的優勢便是那不自然。畢竟再怎麼說，異性對象除我以外隨便都能找到人，然而同性對象的姊姊卻是完全無可取代的。所以她隨時都能拋棄我，但是卻沒辦法拋棄姊姊。」──啊，沒錯，就是這樣。同性之愛的情況下，無論是和什麼樣的男人結婚，都還是能繼續下去。不管丈夫換了多少人都沒有影響，這樣一來姊姊和小光的愛便比夫妻之愛還要永恆不變，他說完這些又再次重複先前說過的：「哎呀、哎呀，我怎麼會是個如此不幸的男人！」之後他又思考了一會兒才開口：「姊姊呀，我希望姊姊妳能老實告訴我，姊姊妳是希望小光的丈夫是我，還是其他的男人呢？」以我來說，如果光子小姐一定要結婚的話，那麼當然是她和已經了解情況的綿貫在一起，事情會比較好辦。聽我這麼說，他便回答：「這樣的話我就沒有理由和姊姊成為敵對之人了。」還說我們今後結成同盟吧，不要再彼此嫉妒了，互相幫助才不會遇上麻煩。——畢竟先前兩人關係並不好，因此一切都受光子隨心所欲利用。所以以後是否應該經常悄悄見個面，聯絡一下呢？要這麼做必須兩人完全體諒對方、認可彼此的立場才行。我沒有打算模仿光子小姐的口頭禪，不過若認為同性之愛與異性之愛完全相異的話，那的確也沒什麼好嫉妒的。說起來那麼美麗的人，只有一個人愛她當然不對，有五個、十個人崇拜她也是理所當然，只有我們兩個人占領，也已經相當奢侈了。而且男人只有他自己、女人也只有我一個，這麼想想在這個世界上，恐怕沒有人比我們更幸福的吧。我們都這麼想，思考這份幸福要如何永遠掌握在我們的手上，不要被他人奪走，他繼續說著：「姊姊覺得如何呢？」我便回他：「如果你這麼希望的話，我也會遵守約定。」「如果姊姊不願意成為我的夥伴，那麼這件事情一旦傳開來，我自己就無法跟她在一起、當然姊姊也是不行的，所以聽妳這樣回答，我也安心了。小光的姊姊對我來說也是姊姊，我原先並沒有姊妹，往後會將妳當成我親生的姊姊，也請妳將我當成真正的弟弟，只要想到什麼事情都請不要客氣，儘管跟我說。我這個人哪，要是成為敵人不知會做出多恐怖的事情，但若成了夥伴，那麼我會為姊姊盡心盡力。若是能夠托姊姊的福娶了小光，我也會將夫妻之事拋諸腦後為姊姊盡力。」「好的、好的，你願意這麼做嗎？」「這是當然的，我可是個男人，一輩子都不會忘記姊姊的大恩大德。」——這時我們又走回了「梅園」前面，因此便約好了以後若需要見面的話就在「梅園」會面，然後我們用力握手後道別。

我一個人在回家路上不知怎地興奮又開心，光子小姐真的那麼愛我嗎？愛我更甚於綿貫許多？哎呀，這真的不是我作夢嗎——到昨天為止我都還想著被那兩人當成了玩具，忽然形勢就這樣一轉，簡直令人不敢置信，但是仔細想想綿貫說的話，確實若不是喜歡我，根本不會那樣鬧出那種騷動，而且她若是有什麼好對象也不會繼續見我——而且事到如今我逐漸回想起剛開始的事情，在那個觀音像模特兒造成麻煩流言時，光子小姐應該就有隱約注意到我對她抱持什麼樣的心情，在走廊上擦身而過時或許也覺得「這個人對我有意思呢」，說不定也早已等著我哪時就要誘惑她了。這麼說來兩人剛開始談話的時候，也是我先開口，她總是靜靜地微笑著，最後終於上了鉤而聽我的話；後來看她的裸體之事，也是我開口說讓我看看，但她似乎就是等著我開口——總的來說我是崇拜光子小姐的，但要問是從什麼事情發展成如今的關係？除了我對丈夫各種不滿以外，或許也是因為在學校有那樣的謠言而心生反抗之意，但也可能是她看穿了我具備這樣的可能性，所以在不知不覺間暗示我，這麼一想就覺得她和那Ｍ家的婚事似乎也像是個藉口——我總覺得她是這樣讓我掉入她所設好的陷阱中，但表面上卻都好像是我主動出擊。而那叫做綿貫的，我實在無法完全相信他，我仍然認為他們衣服被偷的那天所做的事情是綿貫的指示。還有從ＳＫ醫院打電話來給我的時候也是，那個男人的聲音，除了綿貫以外難道她還能拜託其他人嗎？我一旦開始疑神疑鬼就相當不安——首先懷了孩子的事情為什麼要瞞我？我明明如此擔心她，卻對我如此見外，總覺得我還是遭人輕視，說不定他把那種祕密告訴我，就是為了要破壞我和光子小姐的感情？原來如此，現在為了避免我妨礙他所以才說要和我成為夥伴，但結婚之後應該就會拋下我了吧？——這麼一想，我的疑心病又更重了。後來過了四、五天，他又在小巷外等著我說：「等等、等等……」開口說道：「我今天有事情要和姊姊商量，能去趟『梅園』嗎？」然後我就跟他一起去了，上了二樓的榻榻米席，他就說著：「雖然我們口頭上承諾要當姊弟，但姊姊也不可能就這樣相信我，為了避免彼此懷疑，要不要簽個契約？其實我因為這樣打算，所以已經寫了一份來。」接著他便從懷裡拿出兩份像是契約的東西。……喔，對了、對了，請您看看，這就是那時候的契約。（作者註：由於要依照事情順序描述，也是為了能讓大家稍微想像一下製作這個文件內容的綿貫那男人個性如何，所以不厭其煩刊載將她所拿出的契約內容原文如下——）

誓約書

現在地址　兵庫縣西宮市香櫨園××律師法學士　柿內孝太郎妻

柿內園子　明治三十七年五月八日生

現在地址　大阪市東區淡路町五丁目××番地上班族　綿貫長三郎次男

綿貫榮次郎　明治三十四年十月二十一日生

上列柿內園子與綿貫榮次郎因各自對德光光子有密切之利害關係，誓於昭和某年七月十八日後依下列條件締結如骨肉無異之姊弟交情。

一、以柿內園子為姊、綿貫榮次郎為弟，此因榮次郎雖較為年長但為園子之妹其夫。

二、姊姊承認弟弟為德光光子情人之地位；弟弟承認姊姊與德光光子之間的姊妹之愛。

三、姊弟為免德光光子之愛情轉移至第三者，須持續團結防禦，姊姊盡力促成弟弟與光子正式結婚；弟弟即使結婚以後對於姊姊及光子之間既成之關係不提出任何異議。

四、若兩人之中有人遭到光子拋棄，則另一人應與之共進退。即弟弟遭捨棄時姊姊應與光子絕交；姊姊遭到捨棄時弟弟與光子之婚事即告吹，若已結婚則應離婚。

五、兩人在未經另一人承諾時不得擅自做出與光子逃亡、隱瞞居所、又或殉情等行為。

六、兩人訂立之本誓約會引發光子之反感，因此如非公開之必要，應嚴守秘密，若兩人中有人想對光子、又或他人公開之時，有與另一方事先協議之義務。

七、若兩人有其中一方違背此誓約時，應覺悟將受到另一方任何迫害。

八、本誓約在任一方主動放棄與德光光子之關係之前皆有效。

以上

昭和某年七月十八日

姊 柿內園子 印

弟 綿貫榮次郎 印

（這些文字是寫在用雙股紙繩綁起的改良半紙[1]上，毛筆小字書寫得頗為仔細，在字距行距上也是一筆一畫都沒有修改空間。從兩張半紙還有四分之一以上的空白來看，其實沒有必要寫得這麼小，想來大概是平常就習慣寫這樣小小的字體。筆法

1 寫書法用的紙張，寬約24～26公分、長約32～35公分。

和那些如今已經不慣用毛筆的年輕人比起來，筆跡並不算拙劣，卻又給人某些地方商店老闆字跡那種品味不佳卻流暢的感受。只有最後兩個人署名處是在梅園二樓用鋼筆簽的，但也只有柿內未亡人的簽名特別大而突出。而最詭異的是署名之下有著像是小小花瓣壓印的茶褐色斑點，另外在半紙裝訂處應該要蓋騎縫章的地方也有那種斑點。想來未亡人應該自己會說出那是什麼吧——）「姊姊覺得如何呢？這個條件還行嗎？方便的話您可以在這裡簽名嗎？又或者是妳覺得有哪裡不足的地方，還請不要客氣、儘管告訴我。」他都這樣說了，我也回道：「這些事情都能確定，當然是很好。不過若是生了孩子，你和小光是否都會比較在意家庭之事呢？我希望你也能想想這方面的事情。」他回答道：「關於這方面就如同第三條所寫『姊弟為免德光光子之愛情轉移至第三者，須持續團結防禦，姊姊盡力促成弟弟與光子正式結婚；弟弟即使結婚以後對於姊姊及光子之間既成之關係不提出任何異議』，我絕對不會因為家庭而做出犧牲姊姊之事，若是擔心生了小孩以後的事情，那麼我就在後面加寫一些，姊姊也好比較安心，妳覺得如何呢？」我就說：「現在小光為了肚子裡的孩子是一定要結婚的，這實在無可奈何，但我希望你們結婚之後不要再生小孩。」他思考了好一會兒才說：「好的，就這麼辦吧。」然後表示：「要怎麼寫比較好呢？可能會有這樣那樣的情況、又或是那樣這樣的狀況。」他思考了許多我也沒顧及到的事情——喔，請您看看第二張紙後面還有用鋼筆寫的內容，就是那時候加上去的。（作者註：前述誓約書最後一面上寫著「追加項目」為以下文字附錄。「弟與德光光子結婚後必須經常注意不得使光子懷孕，若有任何懷孕可能時，處置須受姊姊之指揮。」在此文句之後似乎又想到了什麼而規定更加詳細的兩條內容。「雖然結婚前懷孕，且於該次孕期中結婚，但結婚後應採取所有可能之手段避孕。」、「弟如無法保證與妻子協力忠實履行此條款，則不得與光子結婚。」——此處也有那種茶褐色的點點痕跡。）——這樣寫下以後他便說：「寫這麼清楚應該放心了吧，看這內容是姊姊遠比我有利呢，這樣一來姊姊應該也能夠明白我的誠意了。來，請簽名吧。」當我說：「簽名沒有問題，但我沒帶印章呢。」結果他說：「姊弟約定怎能用普通的印章，雖然有一點痛，但還請妳忍耐一下。」然後笑咪咪地從袖子裡拿出了什麼東西。

〈其之二十〉

「請把這裡伸出來，雖然有點痛，但一下子就好了。」他說著便緊握住我的手，我原本以為是指尖，結果他把我的袖子拉到肩膀以上，在二頭肌的上下位置用手帕綁起來。我跟他說：「押個印不必這麼大費周章吧？」結果他說：「不是蓋個章而已，這是兄弟姊妹之間的約定。」然後他也捲起了袖子，和我擺在一起說著：「可以吧？姊姊，不可以出聲喔……那個一下子就好了，妳閉上眼睛吧。」我真不知道若是說「我不要」的話會遭受什麼樣的對待，就算想逃走，他又緊握著我的手腕，看見有個反光東西的瞬間我簡直是要昏過去了，心想在我閉上眼睛的時候，搞不好會被一刀劃過喉嚨、不知能不能順利活下去呢。但又心想要殺就殺吧！回想起手臂上那滑溜又銳利的感受，我簡直就要腦貧血了，他說著：「振作點、振作點。」將自己的手臂伸出來說：「好了，姊姊請喝吧。」之後又說：「這裡、這裡、還有這裡都要押印。」然後抓著我的手指咚咚咚地蓋下去。

我愈來愈覺得綿貫是個可怕的男人，打算乖乖遵守約定，將那份誓約書小心翼翼地收在衣櫥的抽屜裡鎖上，雖然覺得有些對不起光子，但還是留意讓自己的一舉一動都不要透露出這件事情，不過或許是在某些方面還是洩漏出自己隱瞞了事情，第二天她就一臉狐疑地看著我的臉龐說：「姊姊這裡怎麼受了傷？」「哎呀，這是怎麼回事？大概昨天被蚊子咬慘了，睡覺時抓破的吧？」聽我這麼一說，光子便回：「那就奇怪了，阿榮也在同一個地方有傷口呢。」聽她這麼說，我便心想人果然不能做壞事啊，也因此臉色大變，結果光子問：「姊姊妳瞞著我什麼事情對吧？那究竟是怎麼造成的？請妳告訴我真話。我大概能理解妳隱瞞的是什麼樣的事情，姊姊妳瞞著我和阿榮約定了什麼事情對吧？」——看吧，光子就是這麼機靈，既然她都猜到了，那麼我也無法繼續裝傻，然而我臉色蒼白著說不出話來。「一定是這樣對吧？為什麼不告訴我呢？」——之後我聽光子小姐說，昨天綿貫回去以後，她偷偷看見他手上有傷，那時起就一直想著是怎麼回事呢？而且兩個人不可能在同一天傷在同一個地方。她說著：「姊姊認為我和阿榮誰比較重要？」「隱瞞我就表示是不能讓我知道的事情？」之後似乎開始覺得我和綿貫有什麼不可告人之事，甚至開口說：「妳不說的話我是不會走的！」那時候光子小姐都已經淚眼盈眶卻還是非常沉靜，只是一臉怨恨地瞪著我，但她的眼睛是那樣妖豔，有著無可言喻的嬌媚，她一邊撒嬌似地喊著：「姊姊哪。」又用那種眼睛看著我，實在是魅力十足、讓我無法回絕她。而且她都猜到那種程度了，如果繼續鬧下去只會更加嚴重，我也明白愈是隱瞞愈容易遭受懷疑，但畢竟沒和綿貫商量是不能隨口說出來的，於是告訴她：「請妳等到明天。」她又回嘴說既然明天能說，那為什麼不能今天說，如果還要與別人商量，那麼她會裝作沒聽過，只要悄悄告訴她，絕對不會給我添麻煩云云，怎樣就是不肯聽我的話。「雖然小光妳這樣說，但妳也有隱瞞我的事情吧？」聽我這麼說，她便回答：「我隱瞞了什麼？我所有事情都老實說了呀，要是妳覺得有那種事情，妳可以問我啊。」「喔？妳真的沒有隱瞞事情嗎？」「真的沒有。不過或許有什麼我沒打算隱瞞只是還沒有說的事情吧。」「妳為什麼要隱瞞我關於妳身體的事情？」「妳在說什麼呢，姊姊？」「我說哪，妳先前來我家的時候不是很痛苦嗎？那時候妳肚子裡是真的有孩子吧？」「喔，那個時候的事情啊。」她說著露出了相當羞愧的表情：「那時候是因為想見姊姊，所以才故意裝成那樣……」「我不是在問那個，我是想知道，那個時候是不是真的有孩子。」「沒有啊。」「那麼現在也沒有嗎？」「當然沒有啊，為什麼又懷疑起那件事情？」「不是又懷疑，而是有懷疑的理由。」「哎呀，姊姊！」光子小姐一臉恍然大悟地說：「我明白了。姊姊一定是聽阿榮說我懷孕了對吧？一定是他那麼說了，明明自己沒有生孩子的能力」她說著便拼命咬緊牙關，剛才在眼眶裡打轉的淚水就這樣嘩啦啦地滑過臉頰。

我嚇了一大跳，連忙說著：「小光妳說什麼呢？」也懷疑起自己的耳朵，但此時她已哭得梨花帶淚說著，其實目前為止自己並沒有隱瞞什麼事情，但是綿貫的確有個不能讓其他人知道的祕密，如果他人知道了，我會覺得很丟臉，也覺得他很可憐。但是那個人若在背後向姊姊說些中傷自己的話，就一點都不值得同情了。自己會變成現在這種樣子，說起來也是因為那個人，自己的不幸都是那個人造成的。然後她又大哭了起來，接著開始詳細說起自己遇到綿貫那個人的事情，據說是兩年前的夏天去濱寺的別墅時認識的，有一天晚上他們約了出去散步，結果他將光子小姐帶到海岸旁漁船的陰影後頭。等到夏天過了以後，由於他們在大阪住得近，因此經常會相約見面，但有一次她卻從女學校時期的朋友那裡聽說綿貫一件奇妙的傳聞。那個朋友曾經見到兩人在寶塚的路上，之後是在朝日會館的電影之夜的時候看見光子小姐一個人來到頂樓花園，便從後面拍了拍她的肩膀喊：「德光小姐，妳之前是不是和綿貫先生走在一起？」光子小姐便回問：「妳認識綿貫先生嗎？」結果對方以略帶深意的笑容說著：「我自己不認識他，不過大家都說他很俊俏、總是因而起鬨，和妳這麼漂亮的人走在一起，相當登對呢。」那時候我們的關係還沒有相當深，所以我說只是剛好一起散個步罷了。結果對方回道：「妳不需要辯解啊，和那個人在一起，大家都不會懷疑什麼的，妳知道那個人的綽號嗎？」光子小姐不知道，對方又嘻嘻笑著說：「是叫『百分之百的伴遊男』呢。」光子小姐完全不明白對方的意思，只好打破砂鍋問到底，這才知道綿貫那個人是性無能者、還有人說他是中性人，據說還有證人呢！

〈其之二十一〉

會知道有這種事情，是因為光子小姐那位朋友認識的人與綿貫成為相愛的一對，拜託人家去談婚事的時候，對方的家長卻不斷推託、態度曖昧不明。告知說當事人是非常認真打算結婚的，希望能夠答應，對方才說其實有些緣故，是打算一輩子都不讓榮次郎娶妻的。繼續調查下去，才知道他在孩提時代似乎是因為感染了流行性腮腺炎，最後引發了睪丸炎——我是不太懂那種事情，所以還去詢問過醫生，聽說腮腺炎是真的有可能引發睪丸炎的。說是這麼說，但搞不好是過於放蕩造成的呢，總之那女孩恨死了綿貫。——這樣一想確實也還蠻可憐的，但這樣的話就不要想著與人交往、也不要給人情書就好啦，結果他卻花言巧語對人說什麼「妳是我夢想中的妻子」之類的話，散步的時候就帶人家到陰暗的地方去，現在回想起來或許因為他是那樣的身體，做那些事情就感到滿足了，也就是戴著戀愛的面具玩弄別人。但是綿貫那個時候還說：「我認為先發生肉體關係再結婚是一種罪惡。」因此女性還非常感動、想著他真是個老實人，如今想來更加生氣。雖然他們請那個女孩「無論如何都要保密」，但她實在太恨了，因此到處向人說，後來才發現還有許多相同遭遇之人，可見綿貫知道自己是個外表不錯的男人、相當受異性歡迎，所以無論身在何處都厚臉皮前往女性聚集的地方，想把所有人都釣上手一次。說什麼柏拉圖式的戀愛，無論多麼熱烈相愛都要保持純潔，大部分的人都會崇拜那樣的高尚人格，因此他到處都能成功釣到女性，將她們拉到最後一線之前就捨棄她們。「喔？妳也是那樣嗎？」「嗯、嗯，我也是啊。」告訴別人之後才發現大家都一樣，感情發展到一定程度以後，他就會偷偷跑走，這麼說來其實原本就覺得哪裡怪怪的，若是真正的柏拉圖式戀愛，那麼接吻就已經矛盾了，都接吻了怎麼還能說是純潔的呢？大家在被欺騙的時候都沒有想到這一點，等到察覺以後才發現大家口徑一致，那些人被捨棄的形式都是一樣的，只要提出想結婚，綿貫就會彷彿隱身一般逃走。當中雖然也有同情他的人，但他自己並不曉得已經有那麼多人知道自己的祕密，之後也接二連三玩弄處女，那些不知情的人還是會上鉤。知道的人就會當成笑料說：「怎麼又是那個伴遊的，這次找到這種對象啊……」「沒有人會羨慕別人跟那個伴遊男在一起啦。」「我先前想說，德光小姐肯定是還不知道吧，老想著要找機會跟妳說。如果妳覺得我是騙人的，可以再去隨便問問其他人。」「喔？是那麼奇怪的人嗎！我都還沒接過吻呢，這樣他是不是快要吻我了？」光子小姐故意打哈哈帶過，當下就這樣算了。回到家以後她問阿梅：「今天朋友告訴我這件事情，會是真的嗎？」結果阿梅反問：「是不是真的，小姐自己應該知道吧？」——或許對於阿梅來說，應該覺得如果真有那回事，光子小姐不會不知道。但其實那是光子小姐第一次接觸異性的經驗，對方說「不可以有小孩」的時候也不覺得特別奇怪，所以朋友那樣說，自己也不知道究竟是不是謊言，阿梅這才驚嚇地說：「小姐妳和那一位實在非常像，都是這麼純潔，我想對方應該不會為了破壞你們的感情而說那位先生的壞話吧。要不要找人去調查一下呢？」之後私下請了偵探去祕密調查，這才明白性方面的缺陷似乎的確是事實。說老實話也不知道究竟是不是因為腮腺炎造成的，總之的確是孩提時代就這樣了，若問起偵探是怎麼調查出來的，據說是查到綿貫在與光子小姐成為一對之前，曾經偷偷去南地玩的事情，從那邊調查以後才知道，據說就連煙花女子被綿貫釣上也會一頭栽進去。都說明明是個好男人但實在很奇怪，好像是有什麼祕密技巧，一時之間還相當受歡迎，詢問那些與他發生過關係的女人，所有人都絕對保密，後來流言傳開了，才用了各種方法推敲出來，得知的內容是剛開始綿貫隱瞞自己有缺陷一事到處遊玩，之後有個女性嗅出了他的祕密，而那女性也有同性愛的習慣，因此便教導綿貫普通男性也能被女人所愛的方法。之後大家都叫綿貫「男性女」或者「女性男」之類的，開始被人這樣叫以後，他就嘎然停止遊戲，再也不曾出現在那些茶屋當中。——我有看過那份偵探的報告，內容鉅細靡遺寫得清清楚楚，關於那件事情也寫得非常詳細。

就在他偷偷玩耍的期間，產生了自信認為「自己根本不需要悲觀」，因此這次打算找良家婦女，結果光子小姐就上了鉤——雖然這是我的想像，但我想肯定沒錯，一想到成為那種人的玩具，真的是根本不想活下去了，我想那時候光子是真心想死的，但是又下定決心要死的話得先傾吐恨意再去死，所以就告訴綿貫說，你願不願意正式跟我結婚呢？如果你願意的話，那我會取得父母同意。這樣說了以後結果他是怎麼回答的呢？他說：「我是想結婚的，但是現在不方便。希望再等個一兩年。」他完全就是想搪塞過去，結果光子小姐便說：「其實你不管過了幾年都不會結婚的吧。」他也臉色大變地說：「為什麼這樣說？」光子小姐便說：「你難道不知道有如此這般的傳聞嗎。」又說既然如此我也不能拋棄你逕自離去，你就跟我一起死吧。但對方仍然推卸說「那種謠言是假的」，拿出偵探報告給他看以後，他才一臉難以辯駁的表情說著：「對不起，是我不好，那我們一起死吧。」但畢竟無法說死就死，雖然說恨他，然而他又一副可憐相，結果還是拖拖拉拉地見著面。會這個樣子是因為光子小姐內心深處仍然無法忘懷綿貫，心想再多一天在一起也好，而綿貫也看穿了這一點，先前總是想著無論有多麼愛自己的人，在知道自己身體祕密以後肯定會拋棄自己，所以才隱瞞事實。但若對方是在明知自己有身體缺陷的情況下依然願意愛自己，那麼自己又何必隱瞞呢？雖然覺得自己的身體變成這樣實在不幸，但又不覺得這是什麼重大缺點、不會說這樣就沒有當男人的資格。那麼所謂男人真正的價值又是什麼呢？男人這種人能夠用外表的相貌決定嗎？這樣的話不當男人也沒關係。深草的元政上人[1]不也認為自己身為男人的那男人象徵過於礙事，因此用艾灸解決掉了嗎？男人當中做最偉大的精神性工作之人，像是釋迦牟尼或者基督不都是相當接近中性的人嗎？這樣說來自己這種人其實是理想的人類，想想希臘的雕刻也會表現出既非男性也非女性的中性之美，觀音菩薩和勢至菩薩的姿態也是如此，這樣看來就覺得人類當中最為高潔的正是中性，自己不過是因為怕所愛之人逃走所以才一直隱瞞，但真要說起來，戀愛之後生孩子不過是動物之愛，享受精神戀愛之人不會認為那種事情算得上是問題……。

1　江戶前期日蓮宗僧人，法號日政。

〈其之二十二〉

……唉，綿貫那個人就是這樣，如果開始和他討論起事情，他總是會提出各種有利於他的歪理，嘰嘰喳喳說個沒完沒了。所以他就說了，如果光子小姐要死的話，他當然會毫不猶豫地一起去死，但是自己還找不到死的理由，如果現在死了，就會被人家說什麼喔那個男人是個殘廢，所以才會悲觀自殺，這樣他會覺得相當不甘心。自己才不會因為這種小事情就去死，無論如何都想要活著做些大事、讓其他人看看自己比那些普通人都要來得是個偉大的超人。既然光子小姐都已經決心要死了，那麼和自己結婚也沒有關係吧，如同先前所說，如果覺得要嫁給自己這種人是種恥辱，這絕對是錯誤的，要知道這是更上一層樓的精神性結婚——只是這種理所當然的事情，世間上的傢伙都不懂，很可能會想盡辦法妨礙我們，所以就算自己是這種人的事情有人到處宣傳也沒關係，反正就算有一兩個人在傳這種事情，也沒有人握有證據；若是有人來問，還請告訴他們我是個堂堂正正的男人——這樣一說還真是挺矛盾的，說什麼他「一點都不悲觀，是個超人」之類的，那麼根本不需要保密、可以昂首闊步，可其實他自己首要目的就是在無人妨礙下平安結婚，為了達成這個目的只好欺瞞世間，居然說什麼只要他們自己在心中知道並沒有退讓就好。然而世間也就罷了，不可能那樣小心翼翼瞞過父母親，自己的爸媽如果知道有人在知情的狀況下依然願意嫁過來，應該會覺得很好；會反對的是光子小姐的父母親，畢竟把事情說明白，他們肯定也不會接受的，所以還是得要隱瞞才行，如果光子小姐願意結婚的話，就還是得隱瞞這件事情。「若是他們知道了又怎麼辦？」「知道的話就知道的時候再說吧。到時候我會堂堂正正宣告我們的立場，告訴他們我們不會選擇其他對象，如果他們還是不接受，那個時候我們再兩個人一起躲起來、或一起去死也行啊。」看起來他本人並不曉得自己的祕密已經有許多人知道，甚至還幫他取了綽號。煙花女子也就罷了，他似乎認為自己完全沒有露出馬腳、巧妙地成功隱瞞，然而這種情況下要欺騙父母親來結婚，實際上是很難辦到的。綿貫的家長說起來其實也只有母親，另外就是監護人叔父，曾經見過光子小姐一面，然後告訴他們：「因為有如此這般的理由，若是家裡的人形式上過來提婚事的話，還請直接答應。」母親是表示了解，而叔父則認為他也不想刻意曝光他人的缺點而毀了難得的婚事。不過光子小姐其實認為，在開始談婚事的時候家裡肯定就會調查對方的身家狀況，始終會被發現的，與其做這種事在平地掀起波瀾，還不如先偷偷會面就好。總地來說綿貫又沒有一定要結婚的理由，而且他自己也知道身體這樣是很難談成的；然而光子小姐又不可能永遠表面上孤身一人，這樣下去始終都得要逃走，因此擔心得要命。何況對方嘴上說的和他心中所想根本完全相反，其實希望自己能夠和一般的男人一樣娶妻生活，所以才一直欺瞞社會、就連自己的心也騙過去，不知是單純希望能夠認定自己和其他男人沒有兩樣，又或者是覺得能娶到光子小姐這種比別人還要美麗的女性作為妻子讓世間那些傢伙大感驚訝，可以使他得到虛榮心，所以有些焦急又故意用惹人厭的語氣說：「說是暫時逃避一些時間，但妳打算有好對象的話就嫁過去對吧。」於是光子小姐說，無論父母親怎麼說，她都不會嫁給別人的，現在也沒有人來談婚事，等到了自己二十五歲的時候就能夠照自己的意思嫁人了，一定會有好機會的，你就忍耐點……如果沒能那樣的話，那真的只能去死了，對方好不容易才接受。

光子小姐那時候的心情，據說是「連我自己都搞不懂了」，一開始真的是安撫他而已，想著怎麼會想要和他斷絕關係呢？但每次見面都感到後悔，哎呀、哎呀，自己在多數女性當中也具備人人稱羨的外貌，卻被那樣的男人看上了，這是多麼可悲呀！總想著真是不該、不該再這樣下去，但非常不可思議的是都還沒過兩三天，又自己踏上來時路。這樣說來，是真的非常愛戀綿貫囉？精神上完全沒有覺得哪裡妥當了，每當看到他的臉就覺得要生起氣來，多麼卑劣的傢伙！這種令人輕視的傢伙！經常都在心裡想著這些事情，相當瞧不起他。因此雖然每天都會見面，但兩人的心情總是無法融洽、一直都在吵架。而吵架的內容不外乎「是不是跟別人說了我的祕密？」「要讓我等到何時？」等等，還有一些老生常談的句子，綿貫老是疑心病重、含含糊糊地提一些蠢到不行的小事……而光子小姐就說那種不能見光的事情對著外人說的話，可不是只有綿貫丟臉！話雖然是這麼說，不過實在沒有辦法瞞著阿梅，所以有跟她說過。「為什麼要跟女僕那種人說！」當下兩人吵得兇，光子小姐也不願意認輸就一咬牙說：「你根本就是個偽善者，說的跟做的完全不一樣的大騙子。我們所做的事情不過是彷彿在戀愛而已。」綿貫無話可說，結果臉色大變喊著：「我要殺了妳！」光子小姐便回道：「要殺就殺啊，我早就做好死的覺悟了。」然後閉上眼睛，一動也不動。綿貫被她的氣勢鎮住，只好開口說：「實在抱歉，妳原諒我吧！」光子小姐又說：「我可不像你那樣不知羞恥，這種事情要是傳了出去，我可是比你還要為難，你懂不懂啊！請你不要再那樣說了！」狠狠教訓了他一頓。之後綿貫在光子小姐面前逐漸抬不起頭來，但也愈來愈陰險，同時疑心病又更重了。

然而就在那時，M家來談婚事——當初光子小姐會去那間技藝學校，其實是為了打造自己與綿貫見面的機會，而與我之間會有同性之愛的流言，也並非其他人造的謠，而是光子小姐自己為了促成這種事情，所以寫了匿名的明信片。問她為何要做這種事情，其實是因為綿貫聽說那婚事以後大為吃醋，說什麼發生那種事情他絕不作罷，威脅她要將目前為止的關係全都透露給報社知道，然後他居然成了市議員家的競爭對手似的，雙方都拼命要找出光子小姐的缺失，好讓這場婚事告吹。當然光子小姐並沒有打算嫁到M家，這場競爭輸了也沒什麼關係，但若是因此而被人發現自己與綿貫的祕密，事情有個萬一而流傳開來，才是她所擔心的。無可奈何之下，為了避免其他人知道真相，才故意散播同性愛的流言。哎呀這樣說起來，還真的是利用我來模糊世人的目光呢。而對光子來說，與其被人發現自己和「伴遊的」還是「男性女」在一起的事情，還不如被人說是同性戀比較能夠忍受，也不會被他人指指點點、或者遭人嘲諷。因此剛開始是聽說我用光子小姐當模特兒畫畫、在路上經過時看見我的樣子，忽然才想到這個方法的，但沒有想到我是那樣認真而熱情，也就逐漸從利用我轉變為真正的愛情。而我雖然也不是完全天真無邪的人，但是和綿貫相比，對她來說有更多精神上的支持，因此不知不覺間就被絆住了——而且與其讓綿貫那種完全不能讓人知道的對象來安慰自己，有同性之人把自己畫成了觀音來崇拜，實在是天差地遠，自從有了我以後，她也感受到高人一等的優越感——她說自己的自尊心恢復了，終於覺得這個世界如此光明。因此她對綿貫說有如此這般的謠言，幸好還有這種人能夠當道具使用，這樣一來我不待在家裡也有了好理由云云。但綿貫仍然沒有真心接受，表面上說著：「這樣啊，這樣也好。」一心中嫉妒的利刃卻是愈磨愈利，肯定打算有機會就要切斷光子小姐和我的關係。就連那次笠屋町和服被偷的事情，現在想來也覺得怪怪的，什麼其他房間有人在賭博、警察衝進來了之類的，根本是子虛烏有的事情，是他一開始就拜託旅館的人故意去嚇光子，趁著兩人逃命的時候把衣服藏了起來——因為那天中午，她在來見我之前去三越百貨買東西，偶然見到了綿貫，就跟他說自己要去見柿內姊姊，回去的時候會繞到笠屋町，希望他在那裡等著，然後便先分手了。好像因為這樣所以綿貫便知道她那天穿著和我有同一套的和服，心想這是個好機會，要是沒有那套和服，光子小姐一定會打電話給我，這樣一來我對光子的愛肯定會消磨殆盡，他這麼想著，就在等待的時間收買了那間旅館的人要他們這樣那樣做。綿貫並非做不出這種事情的人，而且他完全有策劃的時間。否則無論如何，怎麼會有人穿著別人的和服被警察帶走呢？也太奇怪了！更何況不管是光子小姐或者是綿貫，警察都完全沒有聯絡他們。但那時候沒想到這可能是個陰謀，只慌張著該如何是好，是綿貫提出：「既然如此，也只能打電話到柿內太太那裡，請她拿一樣的和服過來吧。」——這實在不像是綿貫會說的話，而光子小姐則是慌張到已經忘了被拿走的是我有一模一樣花色的那套和服，因此才沒有想到這個辦法。但是聽綿貫這麼說，光子小姐仍表示：「怎能麻煩姊姊。」沒想到綿貫說：「不打的話就和我一起逃走吧，否則妳就得打電話。」在如此緊急的情況下，心想和這男人一起走實在比死還要痛苦，只好沒頭沒腦地衝到電話旁邊。但當時其實還是可以請綿貫先到附近的咖啡廳、或者讓他先回家，稍微下點功夫，我就不用看見那種場面，然而光子小姐太過慌張而沒有想到這點，更何況綿貫目的便在此，所以不斷催促著光子小姐：「快點、快打啊。」等到我來了，聽光子小姐說「我沒臉見她」以後就自己提出：「我會好好解釋，妳先躲起來吧。」然後故意擺出一副光子小姐情人的表情，刻意套了我許多話。光子小姐說：「嗯，就是那樣，說起來那時候那個人根本還不太認識姊姊呢。」

〈其之二十三〉

「喔？所以那時候他是在套我的話？還說什麼『光子小姐對夫人的感情是相當認真的』之類的嘲諷我，根本是把我當成傻瓜。」「嗯、嗯，他故意那樣說，儘可能想讓姊姊生氣。我在紙門後面聽著，心想他到底在說什麼呀，但那時候我若出來辯解，想來姊姊也不會相信我……」當時光子便發現自己中了對方的計，這樣實在太過令人退避三舍，因此希望綿貫不要再來打擾自己，結果他反而更加糾纏不已，還說什麼「妳才是個大騙子，光說些好聽話欺騙我不是嗎？」對於我的事情也相當執著，老是說：「妳們根本不會因為那種事情就絕交，恐怕如今也還在哪處會面吧。」明明是他自己不讓我們見面，卻又一直這樣疑神疑鬼，或者他是故意裝傻說那些惹人厭的話呢？就算光子小姐說他：「你真不像個男人，根本不用對已經過去的事情這樣囉囉嗦嗦的吧！」對方又辯解：「不不，這件事情根本還沒過去，那個人一定知道我的祕密吧。」結果他最害怕的還是這件事情，如果這件事情被我知道，不知道他為了報仇要怎樣妨礙我們，因此光子小姐便告訴他：「你也不要再隨便亂猜了，你一天到晚都想辦法隱瞞那件事情，我怎麼可能有機會說。不然你見見姊姊應該就會明白了。」他還是說：「不，我覺得她看起來怪怪的。」明明是自己對人設圈套，卻還是懷疑別人——這並不是普通的故意惹人厭，綿貫他會這樣懷疑我，是因為認為既然自己能夠感受到光子小姐與我的感情，那麼我怎麼可能不知道綿貫和光子小姐的關係，既然知道卻又不會吃醋，那麼肯定是因為聽說「那個男人是個殘缺之人」所以這麼安心，否則怎麼可能毫不在意。他因為內心有這種想法，所以將我叫到笠屋町那旅館去，也是因為想讓我看看自己總是在那種地方和光子小姐見面，表示他並非一位在性方面有缺陷的男人。他對於光子小姐則是直接拜託她「請妳和姊姊分手」，其實光子小姐也沒有道理開口說「不要」，但是他整天欺騙自己又這樣徹底懷疑自己，就算是使性子也想在背地裡讓他好看，更何況想到我們的感情是因為那種無中生有的事情打壞的，又覺得更是可惜，無論如何都希望能夠挽回，想著至少看一眼也好、實在非常想見我，但直接來訪的話我又不可能見她，就算見到了又該說些什麼呢？事到如今無論說什麼都不可能讓我回心轉意，百轉千迴才終於想到那本書……其實那本書光子小姐幾乎沒有用過，似乎真的是借給了中川太太，由於當時的事情而得到了靈感，想到乾脆假裝成ＳＫ醫院打電話，這種情況下怎麼樣都會來吧？她真的拼命想了好幾天。當然她也沒辦法找其他人商量，好不容易自己才想好整個計畫內容，只是又覺得不能以女性聲音去打電話，只好跟阿梅說了以後，拜託常出入家中的洗衣店男性做這件事情。「我那時候一心一意只想挽回姊姊而絞盡腦汁，現在想來造成那樣大的騷動，還真是讓人大吃一驚，我雖然不是演員，卻也能做到那種程度呢。」光子小姐說著，哎呀那時候她果然是對我設下計謀呢。雖然說她的確是騙了我，但她心想這樣一來我應該能夠明白她的心情吧？這樣一來我就會覺得她實在可憐、沒辦法繼續憎恨她吧？她似乎是這麼想的。

然而我們感情恢復一事，沒多久綿貫便發現了。說起來光子小姐本來就想要揭穿綿貫的計謀、想讓他看看自己失敗的樣子，因此並沒有特別隱瞞，反而還等著要是他知道了，不曉得會露出怎麼樣的表情呢？「妳最近又跟那個人死灰復燃了對吧！裝傻也沒用，我知道的！」「哼，我可沒有在裝傻。」光子小姐沉著地回答：「反正我說我不跟她見面，你也要懷疑，那我跟她見面還比較好呢。」「為什麼要瞞著我做那種事情？」「我沒有瞞你啊，不管你要怎麼猜測我的行為，我沒做就是沒做、有做就是有做。」「那妳為什麼先前都沒說？」「我覺得這種事情又沒什麼特別好說的，畢竟我又沒有每件事情都跟你報告的義務。」「這麼重要的事情怎能不跟我報告！」「是嗎？我不是說了有做過的事情確實是有啊。」「只說『做過』

了也太不清不楚，究竟是誰開口說要和好的，妳給我說清楚。」「是我去找她，說都是我不好、請她原諒。」「為什麼！妳為什麼要去道歉？」「為什麼？在那種時間把人家找出門、跟人家借衣服、借錢，然後就把人家丟在一邊，哪有這種道理？那種沒天良的事情，就算你做得出來，我可辦不到！」「借來的東西我第二天就寄回去了，何必向那麼骯髒的女人道謝。」「喔？那麼你那時候在姊姊面前說什麼『我自己怎麼樣都無所謂，但還請您讓光子小姐平安無事。我一輩子不會忘記您的大恩大德』就是你對著那骯髒的人低頭合掌膜拜囉？你現在居然有臉說這種話。首先你把借來的東西用寄的送回，萬一東西到了老爺手上，豈不是給人家添麻煩！不管是否骯髒，你都是受了人家的恩惠，居然如此不知感恩。你要那樣說的話，我也想問問那天晚上的事情，簡直像是什麼詭計呢……」一聽光子小姐這麼說，綿貫臉色大變問：「詭計是什麼意思！」「我是不知道怎麼回事啦，總之我們不會因為那樣就絕交的，你擅自認定我們已經絕交，也太奇怪了吧。別以為所有事情都會如你意。」「妳到底是什麼意思？我完全聽不懂妳在說什麼。」「我問你，那時候的和服，為什麼警察一直沒有還回來？」「現在不是在談那個問題。」綿貫雖然這麼說，但似乎被戳到痛處，因此又繼續說：「到底是怎麼了，妳今天這麼激動，哎呀那件事情我們之後再好好說吧。」又為了掩去臉上尷尬而嘻嘻笑著想打哈哈。然而他可不是那種會就此放棄的男人，過了兩三天以後又提出那個問題，這次倒是姿態放比較低、一邊討好光子一邊說：「夫人應該是頗為生氣的，妳是怎麼讓事情有轉圜餘地的呢？我覺得應該學習一下，還是請妳告訴我吧。」又說什麼：「妳的臉蛋那麼溫柔，但是手段很高明呢！」還說：「專家都沒妳這麼厲害！」總之講了一大堆奉承又或諷刺的話。光子小姐心想還是適時妥協一下比較好，因此就告訴他其實自己是以如此這般的計略才與我和好的。「妳什麼時候學會寫那種劇本欺騙他人的？」「還不都是跟你學的。」「說什麼蠢話，我可沒有一天到晚使那種小手段。」「看吧，你又開始胡亂猜測了。我就只有做過這麼一次對不起人的事情。」「妳究竟為何那麼想與那位夫人成為姊妹呢？我實在搞不懂。」「但是你先前不是對姊姊說『我完全不在意，今後三人好好相處吧』這樣嗎？」「畢竟那時候要是惹她發怒，那可就難辦了，所以我才那樣說的啊。」「你說謊！你根本就是對姊姊設圈套吧，我可是很明白那天晚上你的小計謀。」「我不懂妳在說什麼。」「你給我聽清楚了，別以為弱者好欺負，要是知道有人在自己背後搗鬼，任誰都不會善罷甘休的。」「說什麼我搗鬼，有證據嗎？妳這才是胡亂猜測吧。」「說我亂猜就亂猜吧。但你既然說了那種話，就好好照約定和姊姊往來不是很好嗎？我是不知道你在懷疑什麼，但我不會跟姊姊說些會讓你覺得討厭的事情……」光子小姐馬上又轉為說起好話，表示會到我那裡使那種計謀，一方面是為了能夠全面隱瞞綿貫不想讓人知道的祕密，讓我相信他是個普通的男人，其實自己是想要守護綿貫的名譽的，希望綿貫能稍微寬容一些，往後也能夠三人感情良好啊——她一方面掐住綿貫的痛處、一方面示好同時加以威嚇說：「既然我會在這裡和你見面，那麼我會讓姊姊也來這裡。」同時表示不希望綿貫插嘴她和我往來一事，若是再那樣囉囉嗦嗦，那麼他要有覺悟光子小姐即使拋棄他也不會與我分手，最後他哭著睡著了。

〈其之二十四〉

「……唉，姊姊啊，雖然我們如此親密，但要跟妳說這種話我還是覺得好丟臉，先前覺得說不定妳會就此討厭我而一直忍著，但我真的沒辦法再忍受他了。世上怎麼會有我這麼不幸的人呢？」——光子小姐如此說著，趴在我的膝頭上哭泣，她哭到淚水都沾濕了我的衣服，哭得這麼兇我也不知道怎麼安慰她——畢竟先前我認識的光子，是那麼華美、好勝，眼中總是充滿著自信的光輝，完全看不出來內心忍受著那種痛苦。那樣高傲、像是女王一般高高在上的人如今完全拋下自尊放聲大哭，實在令人意外。光子小姐自己是說，她因為很倔強，所以無論有多麼痛苦的事情也都一直努力不讓人看穿，但若沒有姊姊的話，自己一定會更加陰沉的吧，都是托了姊姊的福才終於有勇氣克服自己的命運。雖然總是看到姊姊的臉就覺得心情開朗、能夠忘懷一切，但今天不知為何悲從中來，長久以來拼了命壓抑下去的眼淚就這樣潰堤。「唉姊姊啊，拜託妳、拜託妳……我只能依賴姊姊了。請不要聽完這件事情就討厭起我啊。」「怎麼可能這樣就討厭妳呢。虧妳能對我開口，妳這樣信賴我，我真不知道有多高興。」光子似乎是逐漸放鬆了，哭得更加厲害，不斷說著自己一輩子都被綿貫破壞了。將來已經是一片黑暗毫無光明、一輩子只能像礦物一樣活在地下，自己就算死了也不想和那種男人結婚，請當成救我一命，幫我和那個男人分手吧，有什麼好方法的話還請務必告訴我。「既然如此，我也老實說了。其實我是和阿榮立下姊弟的誓約，我們簽了如此這般內容的誓約書。」然後我就把昨天發生的事情告訴她。她也說大概有想到是這類事情，畢竟綿貫那傢伙無論去了哪裡都懷疑自己的祕密是不是被人知道了，才會故意說那種事情測試姊姊，打算若他自己被我拋棄，也要拖姊姊下水。……這麼說來也是，難怪我說「我第一次聽說小光懷孕」的時候他會眼帶血絲地說著：「啊？第一次聽說？她有說為什麼沒辦法生孩子嗎？是因為她的體質？」整個人臉色大變、嘴唇蒼白，我還想著這人真是奇怪，而且他似乎想到什麼事情，我們談話中途他也三番兩次說：「哎呀、哎呀，我的命運怎麼會如此不幸。」之類彷彿台詞的話語——那個時候我還以為他是想尋求他人同情所以才會故意那樣感傷地說話，但現在我便明白，他實在是個非常厚臉皮的男人，但當時可能認真地在內心感嘆自己有多麼不幸，以致於那種無法對他人述說的寂寞感自然流露出來吧。不過他詢問著「她為何要隱瞞自己懷孕的事情呢？這種事情應該不用對姊姊說謊吧」還有什麼「光子小姐的父親大發脾氣說孩子生下來就送到其他地方」之類的，巧妙地插入一些試探我的話語——這也就罷了，居然還說什麼「這誓約書的內容上來說姊姊比我有利，這樣姊姊應該也能明白我的誠意」，但那些根本就是不可能發生的事情，不管加了多少條他也根本就無所謂啊。用那樣子虛烏有的事情當成手段，藉此取得我的信任，到底是要做什麼？他打算在什麼情況下讓那份誓約書產生效用？我想大概是「姊姊盡力促成弟弟與光子正式結婚」、「弟弟遭捨棄時姊姊應與光子絕交」還有「兩人在未經另一人承諾時不得擅自做出與光子逃亡、隱瞞居所、又或殉情等行為」這些部分吧。——尤其是最後這一條大概就是重點所在，其他都是為了讓人看起來覺得條件優渥所以才加上去的。光子小姐說，這種事情居然還要特地簽個契約，根本就不需要這樣大費周章，不過寫那種法律條文風格的文字似乎是那個男人的習慣。說起來這陣子光子小姐對於綿貫的態度是愈來愈不耐煩，總是擺出一副我就看你怎麼辦的樣子，也感受到綿貫最近似乎不會善罷甘休、打算鬧出什麼事情，因此一直在觀察他是否在背地裡搗什麼鬼。還有先前三個人一起去松竹座的時候，光子小姐便是刻意帶他來，告訴他：「你何必那樣彆扭，去見見姊姊吧，這樣你就能夠明白姊姊是什麼樣的人，她是否知道你的祕密，只要聊聊就會明白了吧。」一心想要是這麼做的話，他應該就會覺得我們不會背地裡說些奇怪的事情，而且那樣的話他應該會使性子而不會多說什麼。「這麼說來他那樣虛假、背地裡跑來和我握手言好，或許是那時候就在策劃的。」「這就不確定了，我總是擔心要是不管他，搞不好他就會跟姊姊逃走了呢。」「就算那樣也肯定是把我當成道具，想著結婚之後像我這種人就沒有用了，然後馬上拋棄我。」「說什麼結婚結婚的，他根本是自欺欺人，其實根本就不覺得自己有辦法結婚。我知道自己要是說得太過分，大概就活不下去了，又不希望姊姊被其他男人搶走，只想著儘可能維持現狀。」……光子小姐又說今天雖然綿貫等著，但無論如何就是不想去見他，真希望找個什麼藉口能夠不去，但現在忽然說那種話又可能遭受懷疑，之後他又要找麻煩。我說今天就先不要再說下去了，近日內我一定、一定會想辦法讓你們分手的，就算是我死了也一定要救小光一命，真有個什麼萬一我會殺死那個男人的，然後我也和她一起哭到筋疲力盡才離開。

那是……對了、對了，只要看看誓約書日期就會知道……沒錯、沒錯，這是七月十八日對吧，那麼我和光子小姐說那些事情應該就是第二天的十九日，正好那時丈夫那個很麻煩的工作也差不多接近尾聲，因此跟我說要不要去哪裡避暑、今年要不要去輕井澤看看之類的，但我總是說如今實在沒辦法做那種事情，光子小姐每天都說好寂寞、這種身體哪裡也去不成、好羨慕妳呀之類的事情，若要去的話等天氣稍微涼些，帶我去箱根之類的地方吧，聽我這麼說，丈夫似乎有些不滿意的樣子，但也就不再開口，之後過了半個月左右，我一如往常趁著丈夫出門的時候飛奔到笠屋町。其實在我來說，從那件事情以後就覺得光子小姐像變了個人似地乖巧，先前我總覺得她像是個美麗的惡魔，如今就像是被老鷹當成目標的鴿子一般，因此更加惹人憐愛，每次見到她都是滿臉愁容，不再露出往日那種如花般燦爛的笑容，我忍不住想著她該不會是要尋短吧。因此我跟她說：「小光，妳在阿榮面前至少得稍微打起精神才行哪，否則他要是感受到些什麼，真不知道又要說什麼呢。我一定、一定會打擊他，讓他無顏面對世間，所以妳不管遇到什麼痛苦得要死的事情，也要忍耐著啊。」話雖如此，我也不知道該如何打擊綿貫，我實在不擅長欺騙他人、或者陷害他人等這類謀略，真是想不出什麼好點子。就在我這麼說的時候，其實也非常擔心綿貫又在巷口外，那麼我該如何含糊帶過？那種誓約書，就算不遵守內容也不會覺得心有愧疚，但畢竟是破壞了兩人之間的約定，總覺得還是有些抱歉，因此每當我從巷子走出來，總是提心吊膽、擔心後面會不會突然傳來他小聲喊我「姊姊」。實在是因為順水推舟才會順了那男人的意簽下什麼誓約書，雖然覺得姊弟什麼的根本見鬼，但那時也覺得這樣對自己比較好。結果拖拖拉拉的，光子小姐也每天都跟我說：「姊姊拜託妳想想辦法，我真是連一天都忍不下去了。」光子小姐說她自己最後的手段應該就是故意把綿貫約出來說是要私奔，然後她會告訴我將要逃去哪裡，我則故意透露給報社之類的，等到事情鬧大了，我覺得時機妥當就去抓他們，這樣一來綿貫應該就不會再次接近自己。光子小姐這是對於自己名譽將受損都已經有所覺悟了：「我在跟他商量這件事情的時候，他似乎隱約嗅出點端倪，要做的話得要儘快。」聽她這麼說，我便說：「若是察覺什麼，他應該會拿那份誓約書當擋箭牌來找我，哎呀那種緊急手段還是最後再用吧。」——其實那個時候，我實在是走投無路，甚至還想到是否應該來找老師幫忙想想辦法，但又做不出那樣厚臉皮的事情。後來詢問阿梅，她也說沒有什麼好點子，甚至提出是否乾脆借用我丈夫的力量，說些小謊言或某種程度上坦白，然後詢問有沒有什麼法律上的手段能夠避免繼續遭受綿貫迫害。端看要怎麼說，丈夫說不定會同情光子小姐吧？真的是束手無策連這種方法都在思考。但是某天丈夫忽然在我過去的時候，連通電話也沒先打就跑來笠屋町的旅館。他是從辦公室要回家的時候大概四點半左右，正當我和光子在二樓說話，女服務生慌慌張張地跑上樓說：「夫人、夫人，您的丈夫來了，說想見兩位。要怎麼辦呢？」我們面面相覷：「他怎麼會跑來了？」但我還是說：「反正他是來見我的，小光妳就靜靜待在這裡就好。」然後便下樓到旅館門口。

〈其之二十五〉

「哎呀，這地方還真不好找呢。」丈夫站在木格子門那兒，說剛才有人要回去伊勢的四日市，他就搭了便車到湊町車站，回程沿著心齋橋路散步，想到光子小姐目前好像就是在這一帶吧，而且妳應該也過來了，就忽然想過來看看。其實也沒有什麼事情，只是妳老是來打擾人家、給人家添麻煩，我想說都到這附近了不露個臉似乎不好，而且也想看看光子小姐現在如何了，便來探望一下，當面跟她道個謝，若是方便的話也可以請她吃個晚餐之類的，難道真的是完全不能出門嗎？他雖然說得雲淡風輕，但似乎相當認真。所以我便說：「這陣子肚子已經大起來相當明顯，所以完全不能見人，實在是無法外出。」結果他又說：「哎呀這樣的話，那我跟她見個面就好。」這樣一來再拒絕下去也沒道理，我只好說：「那麼我去問問她吧。」然後回去問：「小光，他都這麼說了，該怎麼辦啊？」「真的是該怎麼辦才好。姊姊妳覺得呢？」「我跟他說妳肚子已經大了，所以不能見其他人，他還是說想見個面呢。」「也沒有什麼好理由呢？」「哎呀，我實在想不到了。」「那就乾脆見面吧，這樣的話……對了，我剛才和阿春商量，就把腰帶襯墊綁在肚子正面然後穿上和服應該可以？就這麼辦吧。就像是在肚子裡塞棉花那樣。」因此便向那裡的女服務生阿春借了腰帶襯墊，然後告訴她：「請客人到樓下的房間等候。」之後我就幫忙穿起衣服來。結果阿春又上樓來說：「我請客人去房間，但他說沒關係、只要在門口一兩分鐘就好。說不會花多少時間，因此就不進來了。」這樣一來得快點才行，兩人手忙腳亂地穿起衣服，冬天也就罷了還比較好唬弄過去，偏偏現在只在薄內衣上穿了明石布料的薄和服，這樣怎麼看都不像是懷孕了。「姊姊妳是說我幾個月了？」「我忘了是幾個月啊，不過都說可以清楚看見了，至少應該也是六、七個月吧。」「弄成這樣看起來有像是六個月嗎？」「得讓整體看起來更加膨成圓形才行。」因此三人一邊嘻嘻哈哈地說著：「再拿些什麼來吧。」於是阿春又拿了毛巾之類的東西來，我告訴她：「妳再去樓下，就說小姐因為不能被人看見，因此實在不想走到門口那裡去，還是請他進屋子，到比較陰暗、其他人看不太到的房間去。」結果讓他等了三十分鐘，才終於弄出個六個月大的肚子過去。「我說輕鬆點沒關係，但她又說只穿著浴衣實在失禮，非得要換上和服不可……」我一邊說著同時窺看著丈夫的表情，他將公文包放在身旁、身穿西裝卻正坐著，對光子說：「沒想到反而給妳添了麻煩，但畢竟久未見面，想著實在應該來探望一下，又正好路經此處。」不知是否我多心，老覺得他盯著光子小姐的肚子看。光子小姐說：「不會的，反而是我老對姊姊使性子呢。」——她又說姊姊為了自己而沒能前去避暑，實在覺得抱歉，但托了姊姊的福也就沒有那麼寂寞，覺得實在感激不盡。由於話說得並不多，因此聽起來還真是挺有一回事的，頗為順利。加上她又把圓扇放在腰帶上稍微遮住、阿春也頗為機靈，選了一間白天也得點燈的陰暗房間，又讓大家坐在房間一角通風處不佳的地方，她的肚子上綁了那麼多東西，實在是汗如雨下又氣喘吁吁，這種樣子看起來實在就像是真的，我不禁心想：「這場戲演得還真好。」

丈夫再次坐好便說：「真的是給妳添麻煩了，能夠再次出門的時候請到我們家玩吧。」接著又對我說：「時間已經晚了，妳也一起回家吧。」我悄悄跟光子說：「我看肯定是有什麼理由，所以我今天就先回去了。妳明天等著我。」心不甘情不願地被丈夫帶了出來，但丈夫只說了句：「我們搭公車回去吧。」就一起走到四橋的公車站。一直到回到阪神家裡為止，丈夫都心情相當不好地沉默著，無論我跟他說什麼，他都不理我。他回到家換掉西裝以後就跟我說：「我們上二樓。」然後逕自往樓上走，我也做好覺悟跟著他上樓，他便砰地一聲鎖上房門。然後指著自己面前的椅子說：「妳先坐下吧。」好一陣子不說話，光是嘆著氣似乎在想什麼。「你今天怎麼突然跑來了？」為了打破這沉悶的空氣，我只好自己開口，結果他似乎想著什麼：「嗯……」好一會兒才開口說：「我有東西要給妳看。」說著便從口袋裡拿出了用事務所信封裝的東西，攤開來在桌上一看，我立刻臉色蒼白。他是怎麼拿到的呢？丈夫說著：「在這裡簽名的確實是妳沒錯吧？」然後把那誓約書推到我的眼前。「我先聲明，我不會因為妳的態度，就故意把事情鬧大。妳如果想知道我是怎麼拿到的，那麼我隨時都可以告訴妳。但是首先我要先確定這真的是妳自己簽的嗎？又或者這是假的？我想先弄清楚這件事情。」……唉，居然被綿貫搶先了一步！我持有的那一份是鎖在衣櫃裡藏起來的，因此這一份肯定是綿貫的，他就是為了做這種事情才讓我簽下誓約書的嗎！其實我這一陣子也想著要告訴丈夫這件事情，也覺得把光子小姐的事情對他明說比較好，沒想到剛才他突然前去笠屋町那裡，那種情況下怎麼可能馬上說出懷孕一事是假的，結果只好謊上加謊，早知如此，剛才就應該老實坦白的！「喂，妳不說話我怎麼懂，妳不回答嗎？」丈夫儘可能壓抑著怒氣，以非常溫和、冷靜的聲音說著：「看妳這樣不說話，那麼就是承認這是妳簽的囉？」之後他開始慢慢說出事情，才知道原來五六天前綿貫突然前往今橋的事務所那裡，說有事情想要會面。丈夫心想這人真不知道是來幹嘛的呢？但還是答應見面。結果對方說：「今天來訪的主要目的，其實是有事情想要拜託您……我想您應該知道，我和德光光子小姐除了約定要結婚以外，其實光子已經懷了我的孩子，但是您夫人卻介入我們之間、妨礙我們的感情，因此光子也對我日漸冷淡，如今我已經不知道她何時才願意跟我結婚了。因此希望您能夠稍微提點一下夫人。」丈夫表示：「內人是怎麼妨礙你們的呢？我不清楚詳細情況，但是我聽內人說她相當同情你們的戀情，也希望你們能夠早日成婚。」結果他說：「你是真的不知道夫人和光子是什麼樣的關係嗎？」然後又像之前一樣話中有話暗示自己要說的事情。不過丈夫並不打算相信第一次見面的男人所說的話，而且這個男人說什麼有自己孩子的女人和其他同性之人有那種關係，實在太過奇怪，看來應該是不小心招惹到這男人之類的，結果綿貫又說：「你懷疑我也是理所當然，但是我這裡有證據。」然後拿出那份誓約書。丈夫在讀的時候非常不悅，心想自己的妻子到現在還在欺騙自己，但更令人不高興的是妻子居然與自己素未謀面的男人結拜什麼姊弟。首先，他和別人的妻子立那種誓約書，還故意拿來給那妻子的丈夫看，又故意一語不發，彷彿是刑警抓到犯罪證據那樣洋洋得意地笑著，真不知道這男人是安著什麼心，也因此更加生氣。「你看，這裡有簽名對吧，這是你太太的簽名沒有錯吧？」聽他這麼說，丈夫便回答：「這個嘛，看起來的確像是內人的筆跡，但有件事情我想先問問，在這裡簽名的男性又是誰呢？」他便回答：「是我啊。我就是綿貫本人。」又是一副不懂他人諷刺的平靜表情。「這簽名下面蓋的是什麼？」綿貫聽了便臉不紅氣不喘將當時因為如此這般理由而這麼做的詳細事情都告訴丈夫，他聽了當然更加生氣說：「從這內容看來，你和光子以及園子的關係是有詳細規定的，但是卻完全沒有考慮到身為園子丈夫的我。這真是不把我放在眼裡。你既然也在這裡簽名了，自然也要負上這一份責任，那麼我要求你解釋這件事情。而且根據你剛才說的，這份誓約書在簽的時候並非園子本人的意願，幾乎是你半強迫她簽下的。」結果綿貫一點都不退縮，依然笑嘻嘻地說著：「正如這份誓約書所說，我和園子太太是由於德光光子小姐而締結的契約，這個關係和你這個園子太太的丈夫一開始就有利益衝突。如果園子太太的眼裡有你，那麼也不會和光子發展成那種關係，也不必跟我簽這種誓約書，當然我很希望最好是那樣，不過那位太太自己推動這件事情，身為他人的我也是束手無策。對我來說，承認這份誓約書上的關係，已經是我對園子太太最大的讓步了。」他三言兩語一副相當怨恨這丈夫監督不周的語氣，想來是認為姊弟之約並非私通，這樣一來自己並沒有做出任何不道德的事情。

〈其之二十六〉

我丈夫其實覺得就連要用手碰那誓約書都覺得骯髒，但畢竟對方似乎不是個正常人，要是讓這男人繼續持有這東西真不知道他會做出什麼事情，乾脆還是想辦法拿過來比較好，因此告訴他：「我明白你的意思了。若是真如你所說，那麼就算你不拜託我，我也無法放下自己身為丈夫的責任。但是對我來說，畢竟今天是第一次和你見面，若是沒聽聽內人的說法似乎也有所偏頗。你能把這份文件暫時借給我嗎？若是把這東西拿給她看，我想她也不得不坦白，如果不這麼做的話，我想她是相當嘴硬的傢伙。」綿貫一聽，也不說借還是不借便急忙小心翼翼地將文件放在自己的膝頭上說著：「但是若園子太太坦白以後，你要如何處置她呢？」丈夫表示：「如何處置她要看當下的情況決定，我現在也無法明確告訴你。畢竟我不是因為你的請託才去詰問內人的。我並非由於你的利害而有所行動，而是為了我自己的顏面、為了自己的家庭幸福而做這件事情，這點還請你了解。」綿貫聽了以後臉色相當不悅地說：「我也不是說要你為了我而去做這件事情的啊，我只是覺得這次的事情正好我們的利害關係一致，所以才來見你的，你不認為正是如此嗎？」結果丈夫還是回道：「我並沒有閒工夫思考那種事情，也不想去思考。說來實在抱歉，但我完全不想和你成為一夥人捲進那種事情當中，我只是憑自己的意思處理自己的妻子。」結果綿貫說：「喔，這樣啊，那就沒辦法了……說起來我和你非親非故，也沒有什麼關係能夠來拜託你這種事情，但我還是覺得，若是園子太太和光子小姐一起逃走的話，會感到困擾的不只是我而已，而我在明知這種狀況下卻保持沉默，那麼對你實在是不夠體貼。」他說這話的時候不斷盯著我丈夫的臉看，「這樣說起來，你就算不願意，也已經捲入事件當中了。」丈夫回道：「哎呀，我了解你的好意，也非常感謝你如此親切。」綿貫仍然追問：「你只對我表示感謝，這讓我有些困擾呢。難道你是真的認為園子太太並不會做出離家出走這種蠢事嗎？又或者是你覺得逃走的人你也不會留戀、就這樣放棄呢？還是你有打算追她追到天涯海角？這點還請你說清楚。」丈夫回答：「我並不喜歡現在就跟人約定好我到時候要採取什麼樣的行動，我討厭因為那樣而受到牽制。而且夫妻之間的事情，我們夫妻自己解決就行了。」綿貫又說：「但是你不管發生什麼事情，都不會和園子太太離婚囉？」這種說法也太過不要臉了，由於他相當頑固糾纏，丈夫也只能表示自己要不要和妻子離婚不需要別人來管閒事，這種事情不需要你來擔心。結果他又說什麼「不，但是你應該是受了園子太太家的恩惠吧？」或者「只是發生一點小問題，就把園子太太趕走的話應該對不起人家吧？」之類的，我想他應該是從光子小姐那裡聽來的吧，連這種祕密都知道，還對我丈夫說什麼「你是相當正派的紳士，應該不會原諒如此不道德之事吧。」丈夫也逐漸覺得無法忍受而說：「你究竟是來做什麼的？為什麼要喋喋不休連那些毫無關係的事情都一股腦兒說出來？你給我搞清楚，我會遵守我自己的紳士之道，但我不保證會和你的利害關係一致，你最好要明白這一點。」綿貫就說：「喔？這樣嗎。那麼很遺憾，這份文件不能借給你。」然後將他放在膝上的誓約書小心地收進信封中、放進內袋。丈夫雖然真的很想拿到那份文件，但若事情發展成這樣也無可奈何，因此想著不能夠示弱，便對綿貫說：「當然、當然，我也沒有一定要借的意思，你請隨意拿回吧。不過我要聲明，既然你拒絕讓我拿給內人看的話，那麼若是內人否定有這件事情，我也就不會相信那份文件。對我來說，當然是相信內人而不是第一次見面的你。」沒想到綿貫竟自言自語說著：「我看原因就是丈夫太寵老婆了吧……哎呀，園子太太那裡當然也有一份一樣的文件呢，只要到處找找一定會發現的，卻又不去做這種事情。只要使點手腕找一下一定會有證據的呢。」——最後語帶怨恨地表示：「百忙之中打擾了。」一副相當平靜地打完招呼才走出去。丈夫將他送到走廊上，心想著真是個令人傻眼的傢伙，回到房間好不容易鬆口氣，都還沒過五分鐘呢，就又聽到有人咚咚敲門。「哎呀，剛才真是失禮了，不好意思可以再打擾一下嗎？」心想這人到底怎麼了？居然笑容滿面無比親切，才過了五分鐘而已，表情簡直像是換了一個人進門。丈夫覺得更加不愉快，因此錯愕地默默看著他，結果綿貫走到桌前行了個禮，也不等人家請他坐下便自己拉了椅子說：「剛才是我不好，其實我現在就算豁出性命也不知道能否奪回自己心愛之人的這種情況實在是相當危急，因此我光顧著自己的事情，完全沒有閒情逸致尊重你的情緒。我說那些話實在沒有惡意，還請您當成完全沒聽過。」丈夫詢問：「你就為了說這些話回來的嗎？」綿貫說：「喔，是的，因為我走出去想了想，也明白了都是自己不好，所以想來道歉，希望您大人有大量。」「你客氣了。」「唉……」綿貫在椅子上扭動，刻意擠出笑容：「其實除了來拜託您這種事情、又回來道歉，都是因為我實在太過痛苦只能想到這種辦法，還請您了解我這悲切又無處可去、想哭又哭不出來的內心苦痛。若是您能夠理解，我就可以將這份文件借給您。」丈夫問：「你說希望我理解，那麼怎樣我才算是理解呢？」「說老實話，我最害怕的就是您和園子太太離婚，這樣一來的話園子太太一定會更加前來阻礙，光子小姐和我的婚事就更加沒希望了。雖然我覺得您是不會做那種事情的，但我怎麼想都還是非常擔心園子太太若是帶著光子小姐逃走的情況。雖然我這樣不斷重複實在令人厭煩，但若您沒有嚴重警告她，我想沒有多久她們就會一起逃走。萬一發生那種事情，就算您心中想要原諒園子太太，恐怕在世人面前也無法那樣做。這樣一想我就覺得危機迫在眉睫，就連晚上也睡不好覺。」綿貫請求著：「拜託、拜託，真的拜託您了。」還將額頭磕在桌面上，「就是這個緣故，我想您肯定認為我是個只說對自己有利之事的傢伙，但還請您了解我已是窮途末路，只能請您不管發生什麼事情，都要負起責任監督、不能讓園子太太逃走，雖然也不可能就這樣綁住她、說不定她還是會離家出走，但請您答應我，若是她逃走了也請您務必追上她、將她帶回家裡。如果您願意說聲好，我立刻就把誓約書借給您……雖然我一直強調自己非常明白您很愛園子太太、絕對不會離婚，但還是希望能聽到您自己說出口。若是您願意憐憫我，還請下定決心之後將決定說出口吧。」——丈夫愈聽愈覺得這男人實在是個討厭的傢伙，明明可以一開始就老老實實、不必故意說那些傷人感情的話，卻又刻意這樣反反覆覆說些有的沒的，看人臉色來改變自己的態度等等，實在是個詭異的男人。如此看來根本不會有女性喜歡他，或許是光子小姐已經討厭他了，畢竟他是個生來個性就有問題的人。這麼一想又覺得他確實有些可憐，「這樣的話，如果你願意發誓將來都不會讓這份文件曝光，且我認為有必要的話就由我保管，這些你都接受的話，我也願意允諾你的條件。」綿貫說：「這份文件就如同上面寫的，必須要雙方同意下才能讓其他人看，由於園子太太已經明確違背了上面寫的條件，我若是要刻意讓你為難，那麼用這東西確實是能做些什麼。但我並不是會做那種卑鄙之事的小人，從我特地拿來你這裡還願意借給你這點就很清楚了吧？哎呀，若是對方沒有誠意，那麼就算寫下這種東西也跟廢紙沒有兩樣，要是能幫上你的忙，請儘管拿去吧。只要你能夠和我約定剛才說的那兩個條件，那麼我就心滿意足了。」聽綿貫這麼說，丈夫忍不住想著那你一開始這麼說就好啦，但還是開口表示：「那麼我就先收下了。」正要拿文件的時候，對方又說：「請等等……這樣說實在有些惶恐，不過為了日後方便，是否能寫張保管條？」丈夫同意之後便寫了張「確實保管上列物品」的便條，綿貫又說：「請再寫條附註。」丈夫問：「要寫什麼？」綿貫這才說：「我發誓保管上列文件期間遵守下列條件。一、我將負起責任監督吾妻並無違背自己身為妻子之行為；二、我無論如何絕不會與妻子離婚；三、我有義務在文件原主請求時隨時可提出文件且有歸還之義務；四、若我在保管期間遺失文件，又未提出能使原主滿意之保證，則不解除第一條及第二條所規定之義務——」這些並非一次寫完，而是寫了一條之後他又思索一些時間，然後開口：「哎呀，抱歉，請再加一條。」就這樣一條條加上去的。丈夫覺得這樣實在非常蠢，這傢伙簡直像是個假律師，因此也算覺得有趣地照著他說的一模一樣寫下，然後不留餘地表示：「不過這後面我還要加個但書——若我於保管文件期間發現此文件乃基於虛構之事實寫成，則一切約定皆無效——好啦，寫這條應該也沒差吧？」丈夫說的時候已經快快寫完遞給他，綿貫忽然一臉欲言又止扭扭捏捏，但也無可奈何只能留下誓約書走了。丈夫說到這裡總算告一段落，然後問我：「如何呢？這份文件跟妳寫的是一樣的嗎？如果妳有一樣的東西，就拿出來給我看看。」然後他就默默等著我回答。所以我也沉默地站起身，打開那上了鎖的抽屜，把藏在裡面的那份文件拿出來，一語不發放在桌上。

〈其之二十七〉

「喔？既然真有這種東西，就表示這份文件不是假的囉？」雖然丈夫這麼問，我還是默默不語只點了點頭。丈夫猜不出我是什麼態度，因此眨著眼狐疑地看向我，又開口問：「所以這份誓約書上寫的都是真的囉？」「若是問這個，那麼當中有真的、也有假的事情。」——我剛才聽完丈夫說的話，心想這樣一來是無法再隱瞞了，那麼絕不能如了綿貫的意，乾脆把對我有利的和不利的事情全部都說出來，之後就順其自然吧。說不定事情會比想像中的簡單、能順利也不一定，既然這麼決定了，我就先說出綿貫的祕密、然後是光子小姐懷孕其實是騙人的、剛才和丈夫見面的時候肚子裡塞了一堆東西、就連那個笠屋町的房子其實也不是總待在那裡；被迫簽這份誓約書的時候完全是上了他的當、根本就是被逼迫簽的等等，我大概花了兩小時傾吐自己被欺騙到我欺騙丈夫的事情，一股腦兒都說了出來。丈夫聽的時候不時「嗯、嗯」回應著，有時也會嘆幾口氣，最後說：「所以妳現在說的完全是實話囉？那個叫綿貫的男人是真的有那種祕密？……其實我自己也稍微調查了一下。」丈夫是在四、五天前見到綿貫的，但是他卻裝成不知情的樣子直到今日，是因為他認為綿貫那個傢伙實在太過詭異，總覺得應該是還有什麼深刻的內情，所以在來問我之前先做過調查，而且私下去委託偵探的時候，畢竟大阪做這種工作的人並不多，因此他找到的就是當初光子小姐委託的人，結果對方說：「如果是這個人，大致上有資料了，畢竟先前已經調查過。」然後直接告訴丈夫那些事情。他是在綿貫來訪的那天傍晚就過去詢問的，由於實在太過意外，還想著該不會是同名的其他人，然而偵探就連他和光子小姐之間發生的事情都知道，實在無法再懷疑……既然如此，那麼這次光子小姐懷孕的事情、笠屋町那屋子的事情、我和光子小姐的關係等等，所有事情都讓他覺得不明不白，所以便改為調查光子小姐。而那份報告是在今天早上收到的，但丈夫依然半信半疑，所以想著不如自己一探究竟，才會突然造訪笠屋町。

「所以那時候，你已經知道她的肚子裡塞著東西？」我刻意用著和解的語氣說話，但丈夫沒有直接回答，反而說：「我看得出來妳今天的態度比平常溫柔老實，但說老實話，我看不出來妳的老實是否因為正在悔恨自己過去的罪惡……妳應該知道自己過去的行為，是有多麼違背常理吧。我也不想把那些不愉快的事情都挖出來，只想問妳是否能下定決心償還自己的罪過。反正妳根本不必老實遵守跟綿貫的約定，不過我在那男人面前發誓絕對不會和妳離婚。畢竟這樣一想確實我也有所缺失，綿貫說什麼我身為丈夫怠於監督也還算是有點道理，若是光子小姐家來向我抱怨，那麼我反而得要先向對方道歉、而不是妳去道歉，事情會發展成這樣，似乎是我們夫妻共同的責任。首先萬一這件事情上報了，妳要怎麼向父母解釋呢？而且若是一般的戀愛或者三角關係之類的，或許還可能引人同情，但任何人讀了這份文件上的東西，都會覺得根本是瘋了。唉，話雖如此或許是我偏心吧，聽妳說完之後我覺得這一切都是那個叫綿貫的傢伙造成的，真正不好的就是那個男人而已，不管是妳還是光子小姐要是沒有招惹到那種男人，想來根本不會變成這樣，德光家要是知道這件事情真不知作何感想。我先前對光子小姐的態度不好，是因為覺得她是個不良少女，怕妳會感染到她那種氣息，但是若站在她父母的立場想想，就是把綿貫那個男人五馬分屍也不為過。明明有個不管帶到哪裡都相當自豪的美麗女兒，居然被那種傢伙看上了，實在是比我還要不幸……」丈夫應該是覺得我容易激動、所以不想刺激我，與其訴諸理性不如動之以情。雖然我看得出來他的手法，但他提到我的父母親、還有光子小姐的事情，被他說得如此可憐、又完全如我心中所想，我不禁悲從中來淚眼汪汪地聽著。丈夫盯著我臉頰上閃閃發光的淚珠說著：「是這樣對吧？……妳光是哭，我怎麼能明白呢？妳要想清楚，這次真的是妳最後一次不說謊的機會了。

如果妳無論如何都要離家出走，我也覺得無可奈何。但以我來說，我認為可恨的只有那個男人，妳和光子小姐的遭遇都相當可憐。就算不得不和妳離婚，若妳仍然在做這些事情，無論過了多久我都會想著妳『真是可憐』，這樣一來我會一直痛苦下去；而站在妳的立場，無論如何也都不可能和光子小姐結婚吧？就算脫離了我的監督，那種事情無論過了多久也都不可能容於世間。妳是要讓許多人擔心、又讓自己丟臉之後被強迫停止，又或者是自己下定決心改過，這都看妳自己的決定了。」「但我還是……會這樣一定是造孽……我只能以死向你謝罪！」丈夫嚇得跳了起來，但我已經放聲大哭、趴在桌子上。……「反正我變成這樣，不管是誰都會拋棄我的吧，我沒有臉活著面對世間……請讓我去死吧，你應該也不會對我這種爛人有所留戀……」「……誰說要拋棄妳了？如果要放棄妳，我怎麼會給妳建議呢？」「我很感謝你這麼說，但事到如今要我放棄那獨自當著好孩子的光子小姐，我實在辦不到……你不也說光子小姐是最可憐的嗎？」「我的確說了、就是這樣才想把妳們從深淵拉出來啊……哎呀，妳聽好了，妳們的想法是不對的。像妳那樣毫無意義不斷奉獻愛情，根本無法拯救她。我不是單純擔心妳而已，我認為去德光家那裡將事情講清楚說明白、要他們嚴厲監督她不能接近那個男人、警告她也不能和妳繼續往來，是我的義務。妳不認為這樣才是為光子小姐好嗎？」「要是你做那種事情，光子小姐會比我還早死的……」「為什麼？為什麼會死？」「無論如何都會死的。……先前她就一直說想死、想死，我好不容易才阻止她。……這樣一來我就跟她一起死吧，一起以死向社會謝罪。」「別說蠢話！給我和父母親添麻煩，哪裡是什麼謝罪！」

〈其之二十八〉

丈夫說什麼我都聽不進，只是趴在桌上一直說：「不，我要死，請讓我死吧。」像個鬧脾氣的孩子一樣不斷哭泣。這個情況下說「想死」應該比較妥當吧。除此之外沒有其他辦法。……我的腦袋裡完全只想著今後要怎樣才能跟先前一樣去見她，說老實話我最怕的就是丈夫說要和我離婚。反正他都知道得這麼清楚了，不如讓他接受我和光子小姐的關係，然後允許我繼續的話，那麼我也會好好重視丈夫、想來也能夫妻圓滿，無論綿貫那傢伙要怎麼阻礙，反正證據文件現在在我們這邊，那種男人說的話應該也沒有人要相信，就算光子小姐嫁去了哪裡，看來也只是兩個家庭的太太相當要好，不會有人說什麼。不管是情況稍有改變、還是比先前更加和樂，總之與其把事情鬧大還不如這樣比較好。我明白丈夫知道我這麼衝動，首先就會很擔心我，而且他心中比我還要害怕和我離婚，因此肯定傾向息事寧人，我便故意說：「若是要那樣束縛我，那我還是離家出走好了。」之後他又提出各種條件——我重新思索，一邊聽他說、一邊想著應該兩三天就能收拾殘局，因此儘可能不要挑起他的反感，無論他說什麼我都乖巧而靜默地含淚看他，看起來就像是內心已經下了非常強硬的決定所以才如此安穩，丈夫反而更加不安，結果那天晚上整晚沒睡就陪在我身旁，就連我去個洗手間他都跟在旁邊。第二天他還直接請了假，連三餐都讓人送到二樓，我們不是大眼瞪小眼就是互相窺視著彼此的臉色。他雖然開口說：「這樣下去身子可受不了，妳還是先睡一覺讓腦袋好好休息，然後再好好思考吧。」或者說：「總之我們約好，妳不要再想什麼死啦還是離家出走的事情了。」我也只是默默地露出一臉厭煩的表情，心中卻想著事情發展至此應該是沒問題了。但是再過一天早上，丈夫有事情無論如何都得到事務所露臉個一兩小時，所以一直要我發誓說他外出的時候我絕對不能出去、也不可以打電話，如果不接受的話就要把我也帶去大阪。我便說：「你要一個人出去我才擔心，我要跟著你去。」他問我：「妳擔心什麼呢？」我說：「我怕你偷偷跑去德光家那裡，那我就活不下去了。」結果他說：「我絕對不會在妳沒同意的情況下就出其不意做那種事情，如果我願意發誓的話，妳也願意發誓嗎？」所以我就說：「如果你說你不會做那麼惡劣的事情，那我會在你出門的時候乖乖等著，你就安心去工作吧。我也要稍微休息一下。」丈夫大概是九點左右出門，我上床躺下休息了一會兒，但因為心情激昂而睡不著。丈夫一到大阪就打電話回來，然後每隔三十分鐘就又撥電話回來，我心神不寧地在房裡來回蹥步，思考了許多事情，之後馬上想到我們每天這樣競爭的話，難保綿貫不會在此時做什麼壞事，而且我們前天那樣分手，光子小姐不知道會怎麼想，我還讓她昨天等了一天。反正嘴上說說「我想死、我要死」之類的威脅也沒用，乾脆在被揭穿以前、趁著事情還沒有鬧大，逃到奈良或者京都之類不遠處吧，接著再拜託阿梅刻意一臉驚訝地奔去丈夫那裡跟他說：「您家夫人和我家小姐不知逃到哪裡去啦！要是家裡發現可就糟了，您快去把她們找回來吧。」然後請她在我們要死以前就把我丈夫帶來……要這麼做的話，也只能是今天了。……雖然是這麼想的，但我又沒辦法外出，因此我打電話叫光子過來：「哎呀，詳細我們見面再說，總之妳快來我家。」然後又告訴女僕們：「千萬不能告訴老爺。」二十分鐘後光子小姐便到了。

只要丈夫有打電話回來，就能確定他還在大阪，所以反而令人安心，但若是他出其不意忽然回來就糟了，想著可以讓光子小姐從後門離開，所以我還將她的陽傘和草鞋先拿到後頭去，為了方便逃走也在離後門近的房間會面。光子小姐原先滿臉擔心、一臉鐵青，才一天沒見到面，她已憔悴許多，聽我說完以後已是淚眼汪汪，說著：「原來姊姊這邊也發生了這種事情。」表示自己那天傍晚到昨天受了綿貫不少氣。綿貫是說：「妳居然和姊姊聯合起來欺騙我，我也為了揭穿妳們所以先前去了今橋那邊的事務所，把姊姊的事情都告訴柿內先生了，所以他才會過來探看笠屋町這邊的情況。既然他已經把姊姊帶走，妳不管怎麼等，她都不會來了。」

接著綿貫告訴她：「我和姊姊簽了誓約書的事情，我想妳也隱約猜到了，不過那種東西已經成了廢紙，我就留在今橋當成證據了。這裡有我借給他的條子。」然後從他的懷裡拿出來給光子小姐看：「妳看，這上面寫了——我將負起責任監督吾妻並無違背自己身為妻子之行為——」一條條唸給她聽，但還是故意用手遮起那對自己不利的但書，然後說：「既然柿內先生都寫了這條子給我，那麼我也不用擔心姊姊了，我們也簽一份文件吧。」然後又從懷中掏出另一份文件給她看。一讀之下原來上頭寫的是光子小姐和綿貫要永遠一心同體啦、必須以性命服從綿貫啦、若是違背約定就要如此這般等等，全都是對他自己有利的事情，他居然直接說：「沒問題的話妳就在這裡簽名蓋章吧。」光子小姐當然是回絕：「我討厭做這種事情。像你這樣動不動就要人家簽文件、簽契約之類的人，就是打算要拿那種東西去恐嚇別人吧。」結果綿貫居然逼著光子小姐拿筆，說什麼：「如果妳的心意不變，沒道理害怕簽這種東西吧。」「這又不是借貸金錢那種事情，你以為用一紙文件就能綁住人心嗎？你根本就是有其他目的吧。」「我看妳這麼害怕蓋章，才是因為已經變心了吧。」「哼，蓋再多章也很難預料將來的事情啊。」結果綿貫說：「妳要這樣反抗我的話，我現在就讓妳為難。妳說我要拿文件恐嚇人之類的是吧，那我有的是恐嚇的材料。」接著從文件夾裡拿出一張小小的照片給她看。令人驚訝的是那竟然是已經被我丈夫拿走的誓約書的照片，綿貫說是在要把東西拿去今橋之前，就已經先拍好了照片，說不定柿內先生根本沒打算把那份文件還回來，但自己可不會中了這種招，若是將照片和保管條都拿給報社記者看，想必大家會蜂擁而來要求自己賣給他們，我這個人呢一旦遭受逼迫可不知道會做出什麼事情。——他說無論如何都要聽他的，不聽的話妳的前途將一片黑暗。「你看看！你果然就是這麼卑劣的傢伙！我已經有所覺悟了，你若是有那麼多東西還要繼續欺負人，那就隨便去賣給報社還是其他人吧。」光子小姐怒斥著便與他分手了。原先想著不能讓他掌握太多弱點，所以今天不打算去笠屋町，想著觀察一下情況好了，沒想到我打電話給她，因此光子小姐便立刻飛奔前來見我。

綿貫那個人雖然終於露出了馬腳，但想來也不至於做出對自己不利的事情，這樣的話首先也只能將丈夫拉到我們這一邊，因此還是要執行我想到的計畫，光子小姐就說：「如果要逃到比較近的地方，那就到我家在濱寺的別墅吧。」說是那裡只有今年管理宅子的夫妻在，如果說要去海水浴而且還帶著阿梅，那麼就算住個四、五天，家裡應該也不會擔心。計畫是我悄悄溜出家門，在難波站和光子小姐會合，三個人抵達濱寺的時候，丈夫就會發現我不在家，然後肯定會先打電話到光子小姐家，這樣一來馬上就會知道我們在哪裡，立刻奔來濱寺吧。若是當下阿梅又在電話中告訴他：「您夫人和我家小姐吃了藥正在昏睡，她們甚至留了遺書，肯定是下定決心自殺。我正要打電話回家和打給您，還請您快點過來！」這樣他一定會慌張奔到。——這時候阿梅的說詞雖然也很重要，不過要讓我們看起來像是在昏睡，不管怎麼演戲都不像、還是得真的吃點什麼才行，然後讓醫生看過之後說這樣沒有生命危險，只要靜養兩三天就行，但應該要吃多少量卻是搞不太清楚。不過光子說若是自己平常使用的拜耳藥品，應該不會危害性命：「如果是小顆的藥丸，就算吃掉一整盒也不會死，所以稍微控制一下量應該就沒問題了。反正我只要和姊姊一起，若是真的不小心失誤而死那也好。」我也說：「嗯，我也是，那樣也好。」——等到丈夫飛奔前來的時候，就要阿梅安撫說：「您看，她們還昏睡著呢，醫生說這完全不用擔心，而且她們也差不多快醒了，有時候會稍微睜眼。其實原本我應該通知家裡才對，但這樣小姐肯定要遭受責罵，我說不定也會被太太斥責，所以就沒打了，是否能請您也對這件事情保密呢。反正今晚應該也不能回去了，請您在夫人身體狀況恢復以前，就當成是來這裡玩、逗留幾天吧。」然後我們就好好躺著兩三天，偶爾裝成說說夢話、醒來以後就哭，這段時間內讓阿梅幫著說：「她們兩人好不容易得救，還請幫幫她們吧。」這樣丈夫應該也不會再多說什麼了。「這樣的話要哪天執行呢？」「哪天嗎？我現在簡直就跟被監禁沒兩樣，我想也只能今天放手做了。」「我也覺得若是不快點，綿貫可能又會動什麼手腳。」——我們正在商量的時候，丈夫又打了好幾通電話回來，這樣一來根本沒有逃走的餘地，恐怕我一離開、人還沒到濱寺就被發現了，開始逃走以後到被抓住之前至少要有兩、三個小時才夠充裕。一開始我想著乾脆說：「我要午睡到傍晚，不要來吵我。」也叫他們這樣回掉丈夫的電話，然後我就可以反鎖臥室大門以後，跳窗逃走。但窗外是洋房的石灰牆，恐怕沒有可以踩的地方，前方的海邊又有一大堆跑來做海水浴的人，我實在無法在眾目睽睽之下做這種事情。所以再次商量後決定乾脆在此乖乖待個兩、三天，等到丈夫和家裡的人鬆懈以後，再假裝要去海邊游泳然後逃走。要這麼做的話，就是我在兩三天後大家比較放鬆了、趁丈夫出門的時候說：「每天關在家裡簡直都快成了病人，至少讓我下個海水吧。」我就穿著泳衣、哪裡也不去，到前面的海灘上而已。」

然後真的只穿著泳衣來到海岸邊，同時叫阿梅拿著光子小姐的衣服在海邊等我，讓我能立刻穿上衣服。衣服得挑能夠直接往泳衣上套的連身洋裝，帽子也要選帽簷大而能儘量遮住臉的。海邊人來人往的反而不容易被發現，而且我這陣子已經不太穿洋裝了，想來就算被人看見了也很難發現就是我。我們約定好集合時間是早上十點到十二點內——那時候我丈夫一定會去大阪。日子呢，若是沒下雨就從今天算起第三天，如果那天沒去，那麼就是第四天、第五天都請阿梅來等著。這樣商量過後，又想到了更好的點子，就是請光子小姐在第二天晚上先過去濱寺那裡，這樣一來丈夫若是打電話去德光家，對方就會說：「光子昨天就去了別墅。」若再打給光子的話，她也可以說：「我並沒有讓姊姊知道我過來這裡，她怎麼可能會來呢？」若是她在電話中這麼說，那麼丈夫應該會想著總不可能逃到遠處，該不會死在海裡了吧，就會先去搜尋海面。看著時候差不多了，再讓阿梅通知他：「其實剛才太太過來了，我才一個沒注意就發生了大事……」以這個計畫來推算時間，在家裡人發現以前大概會有一個半小時到兩個小時左右，然後家裡聯絡大阪、我丈夫到處打電話詢問然後回到香櫨園大概會有一小時，搜索海邊、詢問附近的人之類的會花上一兩小時，阿梅通知以後他從香櫨園趕到濱寺大概要花個六七十分鐘——這樣一來就會有五、六個小時，要做這些事情相當充裕。比較令人同情的是阿梅，她要在前一天先跟光子小姐去濱寺，再從那裡來到香爐園，還得在十點以前就到，然後於盛暑之中在海岸邊等個一兩小時。而且還有可能讓她空等，說不定兩三天都不能過去。不過光子小姐說：「那孩子一定會幫我的忙，她很喜歡做這些事情的。」接著再次確認有沒有什麼遺漏的地方，彼此說著：「拜託一切順利。」光子小姐回去的時候已經一點左右，而丈夫也幾乎是與她錯身而過便回來了，我心想還好不是真的決定今天就做。

〈其之三十〉

哎呀……後來的確是在第三天逃走的，不管是天氣還是時間都完全符合我們預定的計畫，我過了十點以後便穿著泳衣前往海邊，一看到阿梅就使了個眼神默默地在海邊跑了七、八百公尺，然後套上花布圖樣的薄紗服裝、接過裝了十元的手提包、用陽傘遮著臉和阿梅匆促地走到大馬路上去，正好有計程車來了，我便上了車一口氣坐到難波。結果還不到十一點半我就抵達別墅，阿梅則晚了我三十分鐘到，還說：「您還真快呢，沒想到能夠這麼順利。好啦、好啦，趁現在趕快進行吧，拖拖拉拉的話說不定電話就打來了呢。」然後她就把我們兩人趕到那離主屋有些距離、蓋在庭院中間的「什麼什麼庵」的稻草屋頂房子去，進去了以後發現枕邊已經準備好了藥和水。我將洋裝換下、穿上浴衣以後便坐在角落，想著這會不會是看這世間的最後一眼，會不會真的就死了呢？「如果真的不小心就這樣死了，小光也會陪我死嗎？」「姊姊也會為我這麼做的吧？」我們相擁流淚。那時光子小姐將她寫給父母親、還有我丈夫的兩封遺書拿給我看，說「妳先讀一讀」，我也拿出自己寫的給她，互相比對一下內容，我們真的寫得就像是遺書，尤其是光子小姐寫給我丈夫的信件當中還有「帶走您重要的妻子實在是相當抱歉，還請您就認為這是命運、就此死心吧」。想來這樣的內容，丈夫讀後一定也會忘懷怨恨而動容，我看了以後也覺得真心想死了，甚至認為無論如何都應該去死。還不到一個小時，阿梅便踩著木屐啪噠啪噠地跑來說：「小姐！小姐！剛才今橋那邊打電話過來了。說是要您過去接電話！」光子小姐連忙過去，講完電話以後就說：「事情相當順利，好了，不能再拖了。」我們再次道別，顫抖著手吞下藥丸。

完全失去意識的時間似乎是半天左右，到了大約晚上八點我斷斷續續地轉動著眼睛，當然這也是我後來才聽說的，而我自己對於那之後的兩三天是一點記憶也沒有……總覺得頭被什麼重物壓著、胸口鬱悶、一直有想吐的感覺，枕邊丈夫的身影有時看起來像是一團模糊的幻影。那段時間我一直作著永無止盡的夢境，我、丈夫、光子小姐和阿梅四個人去某個地方旅行，住在旅館同一個房間裡、一張蚊帳下，那是大概六張榻榻米大的狹窄房間，在那張蚊帳下，我和光子小姐在中間，兩邊則是丈夫和阿梅……。那景色是我夢中的場景之一，隱隱約約留在我的腦袋當中，從房間的樣子看起來應該是真實與夢境交錯在一起，當然這也是我後來才知道的，據說夜深的時候原先要把我的睡鋪拉到隔壁房間去，結果光子醒了過來，彷彿是說夢話般地不斷喃喃著：「姊姊不要走、姊姊！姊姊不要走！還我姊姊！還我！」然後眼淚撲簌簌地掉，無可奈何只好還是讓兩人睡在一起，而在我的夢中卻成了旅館的房間。除此之外還有許多奇妙的夢，也是我在類似旅館之類的地方睡午覺的時候，旁邊綿貫和光子小姐正在說悄悄話，講什麼「姊姊真的睡著了嗎？」「可千萬不能醒過來。」因為他們壓低了聲音講話，所以聽得斷斷續續，但我昏昏沉沉聽著還心想這裡究竟是哪裡呢！我想一定還是笠屋町那房子，可恨的是我背對著他們睡覺，所以看不見兩人的樣子，但看不見我也明白了！我果然還是被騙了，只有我自己吃了藥、遇上如此慘境，而光子則把綿貫找了來，哎呀，可恨、可恨啊！我真想馬上跳起來撕下兩人的臉皮！即便內心這麼想著，我的身體卻根本動彈不得。雖然拼命想要發出聲音，但舌頭卻僵硬著動不了，就連眼睛都張不開，可惡、氣死了，正想著該如何是好，又覺得昏沉了起來……但還是經常聽見說話聲，而怪的是男人的聲音卻不再是綿貫，變成了我丈夫的聲音……丈夫怎麼會在這裡呢？我怎麼不知道丈夫竟然和光子小姐如此親密！「姊姊還是會生氣的吧？」「怎麼會呢，這才是園子的希望。」「那麼我們就三個人親親密密的吧。」——三言兩語傳進我的耳中，我到現在仍然想不明白，他們兩人是真的有過這樣的對話，又或者是我在夢中想像出這些東西當成事實？……而且……如果只有這樣的話，我還會覺得都是我迷糊了所以夢見那種毫無根據的幻影，可以認定不可能有那種事情而打消這個念頭，畢竟另外也還有我無法忘懷的場景……一開始我也覺得這實在是相當愚蠢的夢，但其實那時藥效差不多過了，我也變得比較清醒，其他夢都逐漸遠去，就只有那個場景烙印在我的腦海裡，變得愈發不容置疑。雖然我們吃下的藥量相同，但我卻長時間昏睡，是因為光子小姐大概在十一點左右吃了個早午餐，肚子裡都是食物，然而我在早餐後就幾乎沒吃什麼便衝出家門辛苦活動，因此已經胃袋空空而完全吸收了藥物，當我還在夢境與現實之間徘徊時，光子小姐已經將吃下的藥都吐了出來，所以比我早許多時間恢復意識。還有另外這也是我後來才知道的，她說：「我一個不小心以為身邊的人是姊姊。」這是她自己說的，那麼果然罪責還是在丈夫身上囉，然而聽丈夫的自白是說，第二天中午過後，阿梅去了主屋那裡，而丈夫看著我的睡臉、同時拿圓扇趕著蒼蠅，光子小姐睡迷糊了喊著「姊姊」便往我身上靠過來，丈夫心想可不能吵醒我，因此快手快腳抱起光子小姐將她拉開，因為枕頭歪了所以也調好位置、又重新蓋好棉被……大概就是這樣，也一心想著對方睡著了而掉以輕心，就這樣不知不覺、等到一回神才發現已經無論如何都逃不掉了，畢竟丈夫沒有遇到這種事情的經驗、又是個孩子般的人，因此我覺得丈夫說的才是真相。

〈其之三十一〉

哎呀，那種事情，無論是誰提出辯解都沒有用的，在發生過一次錯誤以後，雖然覺得對不起我卻又一再重複，這樣一想也很難說丈夫完全沒有責任，但在這方面我能夠同情他，是因為先前我也提過，我和丈夫在那方面實在不太合，就像我總是在外尋求歡愛的對象，丈夫肯定也下意識地尋求那樣的對象。而且他又不會像其他男人那樣尋花問柳還是喝酒之類的，是那種完全不懂得以其他事情來填補內心的人，因此是更容易陷入誘惑的狀態，一旦發生那種事情，就會如同潰堤的水壩一般，盲目的熱情完全將意志和理性的力量都踐踏於地而熊熊燃燒，所以丈夫比光子小姐還要耽溺其中十倍甚至二十倍。正因如此，我大概可以理解丈夫的心境變化，但究竟光子小姐是何居心呢？哎呀或許真有一半是睡迷糊了、又或者只是一時興起、還是有著明確目的呢——也就是說，她是否想用我的丈夫取代綿貫，引發我的嫉妒之後方便操控我——她的個性就是反正自己的崇拜者能多一人是一人，或許是這個壞習慣又再次顯露？還是說她自己說的「發現不對的時候我真的覺得相當抱歉，但想想這樣要把他拉到我們這邊也比較方便。」是拉攏我丈夫的手段？總之我實在無法理解如此複雜、一層之下還有一層的人心，我想就是各式各樣的動機加上那時的衝動吧。唉，他們兩人是在很久之後才向我坦白的，一開始我沒有想得太過嚴重，但是迷迷糊糊睡著心想「他們背叛了我」，阿梅又到我枕邊說著：「太太，您請安心，您家老爺什麼都會聽妳的。」我一方面覺得開心、卻又有些懊惱，無法覺得真正高興，而兩人似乎也隱約感受到我察覺了那件事情。之後醫生說：「已經可以起床了。」已是第三天的晚上，而我們在第四天早上離開濱寺，那時候光子小姐說著：「姊姊，已經完全不用擔心了，詳細情況我明天去妳那裡商量吧。」但她的態度卻似乎有些內疚、又有些生疏，丈夫好像也已經和光子小姐商量好，一帶我回到香櫨園，就說什麼：「積了不少事情，我得去事務所一趟。」馬上就出門了，晚上八點多才回來又說：「我吃了晚餐才回來。」似乎非常害怕我找他說話。我知道丈夫不是那種欺騙他人還能平心靜氣的人，所以心想應該不久後就會開口了吧。我想著他若是覺得困擾那就讓他去困擾，故意裝出不知情的樣子，時間一到就準備去睡覺，結果丈夫更加坐立難安，到了十二點都還翻來覆去睡不著，有時候還略略睜開眼睛悄悄看看我是否真的熟睡，就算一片黑暗我也能察覺。過了好一會兒，他才抓住我的手說：「呃，身體還好嗎？頭還會痛嗎？如果妳還醒著，我有點事情想跟妳說……我想妳……已經知道了吧？……還請妳原諒我，就當成是命運吧。」「唉，我真希望是場夢……」「原諒我，求求妳說原諒我吧。」我低聲啜泣著，他只能輕撫著我的肩頭安慰我：「我也希望那是一場夢……真希望那是我可以遺忘的惡夢……但我實在無法忘懷，我第一次明白什麼是戀慕之心，我現在終於明白妳為何會那樣熱中。妳曾經說我沒有熱情，但我真的有。唉，我原諒妳的話，妳也能原諒我嗎？」「你說這種話根本是在報仇吧？你就想跟那個人一夥，讓我變得孤孤單單……」「別說傻話了，我怎會是那樣卑劣的男人？事到如今我終於明白了妳的心情，才知道是有多麼悲傷！」他說自己今天從事務所離開後也去見了光子小姐商量，說是如果我能夠諒解，那麼自己會處理所有事情，完全不用擔心綿貫、他會收拾一切。光子小姐明天還是會到家裡來，但實在是沒臉見我，所以告訴丈夫：「你得先向姊姊道歉。」丈夫表示畢竟自己並非綿貫那種不守信用的男人，認為我都能夠接受綿貫了、應該也能接受他吧，這麼說來也是，丈夫的確不會欺騙我，但令我在意的是光子小姐。丈夫雖然說著「我和綿貫不同，沒問題的」，但以我來說，那個「不同」才是我擔心的問題，畢竟光子小姐可是第一次接觸真正的男性，或許會變得比以往都要來得認真也不一定，而且這樣就算拋棄我，也有個冠冕堂皇的藉口說「自然之愛比不自然之愛更加高貴」，這樣她也比較不會受到良心苛責……如果光子小姐提出這樣的邏輯，丈夫雖然不至於犯下什麼大錯，但很可能會被對方說服，最後說不定甚至會提出「請讓我跟光子小姐結婚」呢。「我和妳的婚姻是一場錯誤，畢竟我們個性也不合，這樣下去會雙方都不幸，還是分手的好。」——說不定哪天就會說出這種話了呢？這樣一來經常把自由戀愛掛在嘴上的我也不能開口說「不要」，世間之人也只會覺得我這種人被丈夫離棄也是理所當然，現在就聯想到那樣的結局或許只是杞人憂天，然而我總覺得自己會步向那樣的命運。然而如今若是我不肯聽從丈夫的期望，那麼我自己也從明天起就見不到光子小姐了，因此我說：「我並非不相信你，只是總有種悲傷的預感——」然後又抽抽搭搭地哭了起來。「哪有這種蠢事，那都是妳胡思亂想。要是我們之中有一人不幸，那就三個人一起死吧。」丈夫說著也哭了出來，結果我們兩人就這樣一起哭泣到天明。

〈其之三十二〉

接著第二天起，丈夫就開始拼命奔走於取得光子小姐家的諒解、以及解決綿貫那邊的問題。首先他去了德光家，要求面見光子小姐的母親，說我是您家小姐好朋友園子的丈夫，小姐有事情拜託我。其實小姐被一個惡劣的男人看上了……大概是這種開場白，然後說明那個男人是如此這般的男人，小姐的貞操明明尚未遭到玷汙，但是那男人卑劣至極，竟說小姐懷了自己的種、還說小姐和我的妻子是同性愛之類莫須有的事情，又強迫人在誓約書上蓋章之類的，或許過些日子便會來到府上威脅您，還請絕對不要順了那傢伙的意。我比誰都明白小姐的清白，尤其是我身為丈夫可以證明她與我妻子的往來絕非那樣醜陋的東西。而且我站在朋友的立場，就算她沒有拜託我，我也會為她做些什麼，還請將這件事情交給我。我會負責小姐的安全，若是那個男人前來，請告知對方「去今橋的事務所」，無論如何都不要直接與他會面。——原先根本就沒說過謊的人，竟然為了愛情可以說出這種大話。不過事情相當順利，母親那邊圓滿解決，之後又去找到綿貫，這邊則是用金錢說開一切，將他說要賣給報社的誓約書照片、底片和丈夫寫給他的保管條等一切證據都拿回來了。

大概花了兩三天把這件事情收拾乾淨，雖然丈夫是如此拼命，但那個綿貫怎會如此簡單就收手？我和光子小姐都覺得不太安心，想著雖然底片拿來了但說不定還有其他複本呢？真不知道他是作何打算。問丈夫：「你給了他多少錢？」丈夫回答：「他要一千，我給了五百。哎呀，那傢伙使壞的材料已經都掌握在我手上了，他不可能再繼續威脅人，所以才會說要錢的。」丈夫倒是相當放心。那時候完全就是照我們的計畫進行，只有一個倒大楣的就是阿梅，德光家說：「事情都搞到這麼大了，妳一直跟在小姐身邊，竟然沒有讓主人知道！」因此解雇她，所以她真的很恨我們——哎呀想想也是當然，她為我們辛苦做事居然還被踢到一邊，怎麼想的確都是我們的疏忽，因此她離開的時候我們買了好多東西給她、儘可能討好她，但真的是作夢也沒想到阿梅之後竟然會報復我們。

丈夫告知光子小姐家說：「可以安心了。」光子小姐的父親還特地到事務所道謝，母親也來我這裡說：「真是拜託了，您也知道我家女兒就是那樣任性，還請把她當成真正的妹妹照顧吧。我家只要知道那孩子是在府上就安心許多。無論她說要去哪裡，若是沒跟您一起，我是不會讓她出門的。」真的是相當信任我們。另外有個叫做阿咲的女僕取代了原先阿梅的工作，她每天明目張膽地來我家，有時候還會留宿，母親從來沒有說些什麼。雖然對外看來已經萬事順利，但如今內部的關係卻比綿貫那時還要相互猜疑、愈發深重，日復一日是更加痛苦的地獄。這是有很多原因的，先前有笠屋町那樣方便的地方，但現在卻沒有了；就算有那種地方，也不可能兩個人丟下其中一人外出，結果還是只能待在家裡。這樣一來一定會變成我或者丈夫其中一方妨礙了另一人；又或者是我為了顯得自己貼心些，只要光子小姐說：「我現在過去香櫨園囉。」我就會聯絡今橋那邊，丈夫也就馬上回來。我們約定好彼此不要有所隱瞞，因此通知另一人也是無可奈何，但這樣光子小姐在更早的時候來不就好了嗎？她總是大約兩點或三點才來，我們能夠獨自兩人在一起的時間就只有那麼一點點。而丈夫則是只要光子小姐撥了電話過來，那麼不管有什麼事情都會拋下、飛奔回家。我便跟他說：「你也不用這麼趕吧，我連跟她說些話的時間都沒有。」結果丈夫回我：「我也想慢慢來，不過事務所那邊正好閒著就回來啦……分隔兩地在內心想像讓我覺得不舒服，還是在家裡比較安心。如果妨礙妳們的話，我就先下樓吧。」他還曾說：「妳們有兩人獨處的時間，我可是一點都沒有呢，妳也體諒我一下吧。」繼續追問下去他才說：「其實小光曾經大發脾氣跟我說『我都打了電話，你怎麼不早點回來！姊姊還比較有誠意呢！』。」光子小姐的嫉妒究竟有幾分真，實在是很難判斷，而且有時候不知道發什麼瘋，如果我叫丈夫「老公」的話，她就淚眼汪汪地說：「我們不是夫妻，所以我不能叫他『老公』呢。」說什麼人前也就罷了，只有自己人的時候為什麼要用那種面對外人的叫法呢？說希望我喊他「孝太郎先生」或者「阿孝」；她也不要丈夫喚我「園子」或者「老婆」，而是應該稱呼「園子太太」或者「姊姊」之類的。這也就罷了，她還會拿安眠藥和葡萄酒來，說什麼：「你們吃了這個之後睡覺吧，我要看你們睡著了才要走。」不聽她的還不行。一開始還以為她是開玩笑，但她就是不肯罷休，說什麼「這是特別調製的、很有效的藥」，然後拿出兩包藥粉，放在我和丈夫面前：「若兩人都發誓對我忠實，那麼就吃下這個當成證據吧。」她居然這麼說。說不定這藥粉裡有毒，她要讓我獨自死去？——起了這種疑心以後，聽她催促著「快吃啊」又更加狐疑，我直直盯著光子小姐的臉看，但丈夫也受到同樣的恐懼襲擊，將白色藥粉放在手上，又看看我手上的藥粉顏色，左顧右盼、眼珠子在光子小姐和我的臉上滴溜轉。結果光子又說：「為何不吃？為什麼？」然後暴躁了起來，說著：「哎呀我知道了，你們一起欺騙我對吧。」然後顫抖著哭泣。實在沒辦法了，我抱著會被殺死的覺悟，將藥包拿近嘴邊，原先默默看著我的丈夫忽然喊了聲：「園子！」又猛然抓住我的手，

「哎呀，妳等等！這樣的話我們就看看彼此的運氣吧。我們交換藥包吃如何？」我便說：「喔，就這樣辦。那麼我們喊一二三之後一起吃下去。」然後一起吃了藥。

〈其之三十三〉

正因為光子小姐這樣的計謀，我和丈夫變得愈來愈疑心對方、互相嫉妒。每天晚上被迫吃藥的時候，我都懷疑是不是只讓我睡著？丈夫是否吃下藥後只是假裝睡了？如此想著覺得那麼我便假裝吃掉好了，但光子小姐也不是那麼好騙，直直盯著我的手，這樣還不放心，後來就站在床鋪與床鋪之間，說著「我伺候你們吃！」然後為了不讓我們彼此怨恨，兩手都拿著藥，讓我們兩人仰躺後叫我們張開嘴巴，然後她同時將藥倒進我們嘴裡，接著就是……不是有那種讓病人喝水、倒水口長長的玻璃容器嗎？她就兩手都拿著那個，儘可能兩邊同時不要有先後，以差不多的角度傾斜瓶子讓我們喝水，說著「喝多些比較有效」然後用那種容器倒了兩三次水給我們。我拼了命地想著多醒一會兒也好，努力想要假裝睡著，但她卻不允許我們翻身或者側躺，說一定要躺平好讓她看著我們的臉龐，她就這樣坐在我們的床鋪中間，絲毫不分心地看著我們兩人的睡臉，探看我們的呼吸、眨眼，將手放在我們的心口上，用各種方式測試我們，若我們沒睡著，她是絕不離開我們身邊的。因為這種情況，我們兩人更不可能說些夫妻話了，無論是丈夫還是我，如今就算是不管我們，也連彼此的手都不想碰了，明明是如此安全的夫妻，她卻還是說：「畢竟你們睡在同一個房間，還是得吃藥。」等到藥物逐漸失去效用後，她又調整了分量和比例，而那強烈的藥效在醒來以後依然殘留感覺在身上，早上起床睜眼時實在相當不舒服，頭部後方感到痲痺、手腳沉重無力、胸口鬱悶，根本就沒有起床的力氣。丈夫也像病人一樣臉色蒼白，一直噴著嘴，似乎是藥味還殘留在口中，嘆著氣說：「這樣下去，或許真的會中毒而死呢。」見他這種樣子，我反而因為覺得哎呀丈夫真的也吃了藥而感到安心，只是一旦起了疑心又覺得像是演出來的，因此對他說：「哎呀，我們一定每晚都得吃藥嗎？」丈夫果然還是一如往常，說著：「怎麼了嗎？」然後一臉狐疑地盯著我的臉瞧。「我不知道她說什麼讓我們兩人睡著之後就不擔心究竟是怎麼回事，說不定有其他目的呢？」「妳知道她有什麼目的嗎？」「我不知道呀，你不知道嗎？」「我怎麼會知道，妳才應該要知道吧。」「我們這樣互相懷疑下去真是沒完沒了，我實在很在意是不是只有我自己睡著了。」「我也是這麼想的。」「而且畢竟有濱寺那件事情。」「就因為有那件事情，我總覺得這次輪到我了。」「你該不會醒著直到小光離開吧？請你告訴我真相。」「我沒有。那妳呢！」「被迫吃藥效那麼強的藥，就算想醒著也沒辦法啊。」「喔？這樣的話妳的確是有吃藥囉？」「當然啊，你看看我的臉色這麼蒼白！」「妳也看看我的臉啊。」這樣爭論著都早上八點了，電話聲響起：「哎呀，你還不起床嗎？」聽對方這樣說，丈夫只能揉著惺忪的睡眼起身，無可奈何地前往事務所，就算真的還是非常疲倦，也會被告知：「過了八點以後你就不可以睡在臥房裡。」只好下樓躺在緣廊的藤椅上。大概就是這種情況，即使我可以一直睡，但丈夫卻是更加疲勞的慘況，就算去了事務所，腦袋也不中用。他雖然也想休息，但只要多休息一下，就會被光子說：「不要一直黏在姊姊身邊。」所以大多日子無論有沒有事情要辦，他都會說「我出去午睡」然後出門。

我從那時候就一直說：「小光都不會對我說什麼，光是唸著你，說你不能這樣不可以那樣的。這就是她比較愛你的證據。」但丈夫的說法則是若真愛他，怎會這樣折磨自己呢？把他搞得如此疲憊，別說是情慾了，根本所有慾望都被麻痺，這難道不是我們兩人故意使的計謀嗎？後來更奇怪的是晚餐時間，我們都因為安眠藥弄壞胃，所以其實完全沒有食慾，但又擔心空腹會造成藥效循環更快，所以儘可能多吃些，兩人都在數對方吃了多少飯、爭先恐後多裝一些，因此光子小姐又說：「吃這麼多會失去藥效的，你們都不可以吃兩碗以上。」之後光子小姐就會在我們的餐桌旁閃爍著銳利的眼神監督我們。現在回想起來那時候我們那種身體狀況，竟然長久平安無事真是奇蹟，但因胃部衰弱，卻又每天都被迫吃下大量藥物，或許也無法馬上都吸收完，結果到了中午仍是意識朦朧，真是不知道自己是死是活。臉色蒼白無比、身體也逐漸消瘦，更糟糕的是感覺開始變得遲鈍。然而光子小姐即便這樣折磨我們、甚至限制我們的飯量，她自己卻吃著各式各樣的美食，光鮮亮麗氣色紅潤。也就是在我們看來，只有光子小姐像是太陽一樣閃閃發亮，無論頭腦有多麼疲憊，只要看到光子小姐的臉龐就彷彿重生，就像是只為了這個樂趣而活著。光子小姐也說：「無論神經有多麼痲痺，只要見到我就覺得腦袋清晰對吧？不是的話表示你們不夠熱情！」從我們興奮的程度可以看出誰有著強烈激情，因此她說如此一來是更加不能停止服用安眠藥了。唉這麼想來，奉獻普通的激情給她或許對她來說並不夠，得要在使用藥物鎮定情慾的情況下還能感受到熊熊大火般燃燒的愛意，她才會滿足。——結果我們兩人彷彿兩具空洞的軀殼，對於這個世界沒有任何期望也沒有興趣，就只靠著光子小姐這個陽光生存，除此之外並不奢求任何幸福，若是拒絕吃藥的話，她就會哭泣、生氣。哎呀，從前光子小姐就想嘗試看看自己有多受崇拜，而且相當享受那種心理狀態，不過演變到極端的時候就會說出有些歇斯底里的話語，我想應該是有其他的理由，可能是受到綿貫的影響吧。會這樣說是因為我覺得，或許是她最初的經驗造成她無法滿足於健全的對手，無論是抓住誰都想像對待綿貫那樣處理對吧？若非如此，何必那樣殘酷地麻痺他人的感覺？在古老的故事當中有死靈或者生靈附身的橋段，我總覺得光子小姐的樣子，就像是因為綿貫的怨念作祟而日漸荒唐，讓人全身起雞皮疙瘩。這麼說來不只是光子小姐，就連我那健全而絲毫不具備悖離常道邏輯的丈夫，不知何時起也像是換了個靈魂似的，好似女人般酸溜溜的、胡思亂想、臉色蒼白卻堆出笑容討好光子小姐，當我凝視著他當下說話的方式和表情展現的樣子、那種陰險而卑躬的態度，總覺得這聲音甚至是眼神，不都像是綿貫的複製品嗎？我忍不住想著，人類的面貌果然會隨著內心的態度而有所改變呢，而這的確就像是怨靈作祟，老師您怎麼看呢？您認為這不過是不值一提的迷信嗎？畢竟綿貫那樣固執的男人，說不定會在背地裡詛咒我們，也可能做了可怕的咒法、成為生靈附身在我丈夫身上。因此我跟他說：「你愈來愈像綿貫了呢。」他竟說：「我自己也這麼覺得……小光打算把我打造成第二個綿貫吧。」那個時候丈夫已經完全順從自己的命運，別說是拒絕自己被打造成第二個綿貫了，根本覺得那樣是一種幸福，就連吃藥也變成他自己願意去執行的事情。以光子來說，反正三個人都變成這樣了，也不可能安然收尾，似乎已經是隨它去、自暴自棄的心態，看狀況或許打算用藥讓丈夫和我慢慢衰弱死去……我想她心底應該是這麼打算的吧……。並不是只有我這麼想，丈夫也說：「我已經有所覺悟了。」說真的那時她已經讓我們兩人瘦弱得彷彿幽靈一般在等死，到時候她就可以巧妙收手，變成一個老實人去找個好夫君吧。丈夫又說：「我和妳的臉色都如此難看，只有小光一個人健健康康活力十足，我看她肯定就是作此打算了。」而我和丈夫也已經看開了，若是由於過度虛弱而感受不到任何快樂或者愉悅的話，那麼也該是性命了結的時候，我們總想著大概今天或明天就要死了吧。

唉……要是我真的如同我們預想的，在那時一起被殺掉，真不知道有多幸福。會變成這樣意想不到的結果，首要原因就是那份新聞報導，我想那應該是九月二十日左右，某天早上丈夫忽然喚我：「妳快起來。」還想著是什麼事呢？結果他說：「不知道是什麼人送來了這種東西。」桌上攤著一份我從沒看過的報紙的社會新聞版面，定睛一看上面竟然大大刊著綿貫逼我簽的那份誓約書的照片，不正是那寫了一大堆條件、還在標題上用紅色墨水打兩個圈的那份文件嗎？而且還不是只有一天的報導，記者似乎手邊收集了許多材料，預告他要連續幾天指謫這醜惡有閒階級者的罪狀，丈夫說：「妳看！我們果然還是被綿貫騙了！」不過那時我已經無所畏懼，也不覺得懊悔或者厭煩，只馬上覺得「最後一刻終於到來」，「哼，那個蠢東西，現在寫這些能做什麼呢？」丈夫那血色盡失的臉頰也浮現冷冷的微笑。雖然我說著：「沒關係、沒關係，別管他就好。」不過就算那報紙是沒什麼可信度的小報紙、世間應該不至於真的相信這種事情，無論如何還是得打個電話通知光子小姐：「有份如此這般的報紙送到家裡來，小光妳那裡有沒有收到？」她聽說以後連忙到處搜找，說著：「有、有！幸好還沒有其他人看見。」然後把那份報紙收到懷裡說著：「這該怎麼辦好？」奔來我家。

一開始我們心想這是綿貫賣給人家的材料，並不會寫出對他自己不利的事情，而且我和光子小姐的事情並非如今才有的傳聞，或許並不會釀成大禍。想著哎呀、哎呀，應該不用那麼慌張吧，因此在第二、三天被光子小姐家發現的時候，丈夫也是一派輕鬆地說：「又是先前那個壞蛋做的好事，還準備了假簽名的照片，實在非常惡毒，應該可以告他呢。」所以對方也稍微放下心來。但是接連幾天下來的報導，竟然更加接近真相，就連對綿貫不利的事實也毫無顧忌地揭發出來，另外還有笠屋町旅館的事情、去奈良玩的事情、光子小姐肚子裡塞東西見我丈夫的事情……這些連綿貫不可能知道的事情似乎記者也都一清二楚，這樣下去的話恐怕連濱寺的事情到假裝鬧自殺、我丈夫也被捲入其中等，從頭到尾都會被揭露得一清二楚。最奇怪的就是光子小姐和我往來的信件一向相當小心地收好，從來都沒有給其他人看過，但是我寫給她的其中一封信——一封上頭相當激動、無法看清文字的信件——不知何時竟然被偷了，還刊登出清清楚楚的照片，這麼說來能拿到的就只有阿梅了，這時我們才發現她可能與綿貫結夥作惡。想起來阿梅被德光家辭掉以後還曾來我家玩兩、三次，明明沒有什麼事情卻到處晃來晃去，樣子看來有些奇怪，但我們能做的都已經做了，想著莫非她是還想要錢嗎？又覺得應該不至於吧，便沒多管她。最重要的是在報紙刊登的兩、三天前她也來過，很奇怪地只對光子小姐冷嘲熱諷一陣後就走了，之後再也不見她蹤影。「這個不知感恩的傢伙，她在家裡的時候我可沒把她當成僕人、完全是把她當成姊妹啊……」「看來是太過放縱她。」「根本是被自家養的狗給咬了。姊姊也為她做了那麼多，到底還有哪裡不滿意呢？」「或者她是被綿貫收買了？」——我們想像了各種情況，或許報社一開始是拿到綿貫提供的材料，調查以後發現還有隱情，正好找到了阿梅才掌握事實？若非如此，就是綿貫那傢伙一開始就聯絡上了阿梅，自暴自棄地連自己的祕密都一起出賣了？無論如何事到如今是一刻不得猶豫，再拖拖拉拉下去，光子小姐可就連大門都不能踏出一步了，因此得要早點下決心依照約定執行，就在我們每天商量著是否這樣、或者那樣做的時候，報導終於寫到了濱寺的事。

接下來發生的事情，我想許多報社都寫得很詳細，老師您應該也知道，我就不把那些瑣碎的過往日子說給您聽了⋯⋯畢竟我很久沒有說這麼多話了，有些異常與奮，總覺得說得有些牛頭不對馬嘴的⋯⋯不過當時提到事情被報社知道以後，首先提出「去死」當成最後手段的是光子小姐。記得應該是在發現信件被阿梅偷走的那天，她說：「這種東西放在我家太危險了。」就把那些能夠成為證據的信件全都拿來了我這裡，我說：「全部燒掉吧。」她又說：「不、不，我們不知何時會意外死掉，這份紀錄就當成遺書留下吧，還請姊姊把這些和妳那邊的一起收好。」她也交代我們收拾好身外物。又過了兩、三天，也就是十月二十八日的下午一點左右，她來的時候說：「家裡的樣子愈來愈奇怪，我今天回家的話恐怕就再也出不了門了。」她不希望逃走而被抓回去，所以說乾脆在熟悉的那房間裡死去吧。我們將那觀音像掛在枕邊的牆上，三個人肩並肩一起上香，我說：「若是有這名觀音指引，我就算死了也會很幸福。」丈夫也說：「我們死了以後，就將這觀音取名『光子觀音』，大家一起膜拜她的話，她一定會很高興的。」我們說好去了那個世界以後不要再互相吃醋、不要吵架，感情融洽得像是佛像旁隨侍兩側的人吧，然後就讓光子小姐躺在我們兩人中間，三人一起吃下了藥。……啊？是啊、是啊，為什麼那時候只有我一個人被留下了呢？第二天我醒來的時候，馬上就想追隨兩人的腳步而去，但又想著或許我活下來並非偶然，又在意起莫非到死前我都遭受那兩人欺騙呢？不禁懷疑起光子小姐將信件交給我的事情，是不是覺得不想要死後到另一個世界也被人打擾？唉……老師（柿內未亡人忽然撲簌簌地淚如雨下）……要是我沒有這樣懷疑……也就不會苟活到現在……想來怨恨已死之人也沒有用，但我現在只要想到光子小姐的事情，也不覺得「可恨」、「懊惱」，反而是好想念、好想念她……唉，抱歉、真是抱歉，請您原諒我竟然哭成這樣。……

年份	年齡	事件
1886年	0	7月24日出生於東京日本橋，為家中長男。
1890年	4	弟弟谷崎精二出生，為日本知名作家。
1897年	11	國小畢業，受稻葉清吉老師影響，開始對文學產生濃厚興趣。
1898年	12	與學長和同學創辦校園雜誌《學生倶樂部》。
1901年	15	家道中落，由稻葉清吉老師資助就學。
1908年	22	進入東京帝國大學就讀國文科，兩年後因繳不出學費離開學校。
1910年	24	與劇作家小山內薰、詩人島崎藤村創辦《新思潮》文學雜誌。發表短篇小說《刺青》、《麒麟》受永井荷風的激賞，確立文壇地位。
1912年	26	發表短篇小說《惡魔》。
1916年	30	發表長篇小說《鬼面》。與石川千代子結婚，隔年生下長女鮎子。
1917年	31	母親過世。開始與芥川龍之介、佐藤春夫來往。
1918年	32	前往朝鮮、中國北方和江南一帶旅行，返國後擔任中日文化交流顧問。發表短篇小說《小小王國》。

1921年 35 愛上千代子的妹妹，夫妻感情失和。友人佐藤春夫因同情而對千代子動心。原本協議將妻子讓給好友，然而谷崎因遭千代子妹妹拒絕而反悔，兩人因此絕交，文壇稱之為「小田原事件」。

1922年 36 發表獨幕劇《禦國與五平》。

1923年 37 9月1日，關東大地震發生，全家搬到關西，寫作風格開始帶有大阪方言和特有的風土人文。

1925年 39 發表長篇小說《痴人之愛》。

1926年 40 年初，再度前往中國上海旅遊，並結識文人郭沫若。

1927年 41 與芥川龍之介論爭，芥川於谷崎41歲生日當天自殺。

1928年 42 發表《卍》。

1930年 44 與千代子、佐藤共同發表協議。谷崎正式與千代子離婚，佐藤與千代子結婚，兩人恢復友誼關係，為知名的「讓妻事件」。

1932年 46 發表《武州公秘錄》。

1933年 47 發表短篇小說《春琴抄》。

1937年 51 受選為日本帝國藝術院會員。

1939年	53	發表隨筆評論作品集《陰翳禮讚》。於1955年譯為英文版，在美國打開知名度，隨後也出版法文版。其中的日本古典美學、藝術與生活的感性，對法國知識圈造成重大影響。
1948年	62	發表長篇小說《細雪》，獲得每日出版文化賞及朝日文化賞。1950年代開始被翻譯成英文，隨後也出版各國語言版本。為其知名代表作。
1949年	63	獲得第八回日本文化勳章。
1950年	64	發表《少將滋幹之母》。
1951年	65	由於高血壓病況加重，搬到靜岡縣熱海靜養。發表《源氏物語》口語譯本。
1956年	70	發表《鑰匙》。
1958年	72	出現右手麻痺的中風現象，此後作品都用口述方式作成。
1960年	74	由美國作家賽珍珠推薦提名諾貝爾文學獎，是日本早期少數幾位獲得提名的作家之一。
1962年	76	發表《瘋癲老人日記》，獲得每日藝術大賞。
1964年	78	獲選為日本首位全美藝術院美國文學藝術學院名譽會員。
1965年	79	住進東京醫科大學附屬醫院治療病情，出院後前往京都旅遊。7月30日因腎病去世，享年79歲。葬於京都市佐京區的法然院。

2023年6月27日　初版第1刷　定價300元

著者　谷崎潤一郎
譯者　黃詩婷
總編輯　洪季楨
編輯　陳亭安
封面設計　王舒玗
編輯企劃　笛藤出版
發行所　八方出版股份有限公司
發行人　林建仲
地址　台北市中山區長安東路二段171號3樓3室
電話　(02)2777-3682
傳真　(02)2777-3672
總經銷　聯合發行股份有限公司
地址　新北市新店區寶橋路235巷6弄6號2樓
電話　(02)2917-8022・(02)2917-8042
製版廠　造極彩色印刷製版股份有限公司
地址　新北市中和區中山路二段380巷7號1樓
電話　(02)2240-0333・(02)2248-3904
郵撥帳戶　八方出版股份有限公司
郵撥帳號　19809050

萬字(卍) / 谷崎潤一郎著 ; 黃詩婷譯. -- 初版.
-- 臺北市 : 笛藤, 八方出版股份有限公司, 2023.05
面 ;　公分. -- (日本經典文學)
ISBN 978-957-710-897-5(平裝)

861.57　112006953